御神乐学园组曲

十六夜见证

4

〔日〕Last Note. / 著
〔日〕明菜 / 绘　tomo / 译

云南出版集团
云南美术出版社

运动外套祭

正装祭

SEEING A SIXTEEN-DAY-OLD MOON

MIKAGURA SCHOOL SUITE

御神乐学园组曲 4

十六夜见证

〔日〕Last Note. / 著

〔日〕明菜 / 绘　tomo / 译

云南出版集团

云南美术出版社

御神乐学园组曲④ 十六夜见证

目录

CONTENTS

第一乐章 忧郁 blue 001

第二乐章 让小绘留奈飘飘然部 054

第三乐章 未确认宝藏 081

第四乐章 少女音乐理论 123

第五乐章 十六夜见证 141

第一乐章 忧郁

“难以置信……明日同学竟然……”

观众们的巨大欢呼声覆盖了整座圆形竞技场，把我的声音完全遮盖了。

呈现在我眼前的这幅景象，实在让我无法接受。

打倒了明日同学，成为了新人战冠军的藤白乙音，正用一副嫌麻烦的表情，俯视着倒在地上的他，接着就像什么感觉都没有似的，随随便便地走开了。

她的那种态度，就好像是认为自己再留在这个舞台上也没有意义一样。明日同学还倒在地上，而我只能看着藤白乙音的背影咬紧嘴唇，别的什么也做不到。

“到了现在还没有隶属部门，在下觉得她遇到的情况应该和绘留奈差不多溜咿。虽然没有什么相关情报，是不是也曾经加入过哪个部门，然后马上又退出了呢……”

“所以才会以没有隶属部门的状态参加新人战——你是这个意思吗？”

每个部门的规定不同，对成员自身的行为模式也会有很大的影响，但是大多部门都给新生提供了一个途径，让他们在借助部门前辈或者同伴力量的前提下，得到足够多的练习机会。这不仅有助于在淘汰赛中不断胜利，而且愿意借助这种力量的一年级学生也在新生中应该占了大多数。

我自己也一样，如果没有演剧部朋友们的帮助，也绝对拿不到现在这个前八名的成绩。

明明应该这样才对，小乙音却只凭着自己一个人，就轻易地获胜了……

“真的好厉害……可是，怎么说呢，就是感觉有点寂寞吧？”

她的表情，看起来就像在拒绝所有人对她的祝福。

明明现在就有如此多的观众在对她欢呼，却还是让人感觉她好像比任何人都孤独。

我正在想明日同学可能也差不多可以起来了，结果就看到他果然站起了身，接着马上就面向观众席，很有礼貌地开始不断鞠躬致意了。

“他受的打击应该也很大吧……明日同学真是个了不起的孩子溜咿！在下也想要一个这样的孩子呢溜咿。”

“咦，毕咪……你要生吗？生人类小孩？如果脸长得像你那么微妙要怎么办啊？难道毕咪你要负起那个责任吗？”

“如果在下去控告你的话，就凭你这种出言不逊的等级，绝对是在下胜诉的溜咿……”

就在我和毕咪说话的时候，藤白乙音已经快要走出圆形竞技场了。

不过就在她已经打开大门马上要出去的时候，那扇门突然“砰”的一声被推了回来。随后，一个男人动作夸张地冲了进来。

那个人他……好吧，时雨把小乙音直接转了个一百八十度，推着她的后背，在她还不知道发生了什么事的时候，就又把她押送回了圆形竞技场的中央。

他的行动，让周围又响起了一波刺耳的尖叫。

“呀啊！是‘Hero Time’的二宫前辈！喂，看啊看啊！他今天没戴眼镜呢！太少见了！是不是戴了隐形眼镜啊？”

“我喜欢的是戴着眼镜的时雨前辈啊……因为我根本就没见过前辈不戴眼镜的样子。不过，他不戴眼镜……”

“也很帅啊！”

我斜眼看着一脸花痴抱在一起的两个一年级女生，只是“哼”地嗤笑了一下。

因为据我所知，时雨大概是有点害怕隐形眼镜，所以根本戴不了。那么他现在就是裸眼状态，估计什么也看不清吧。

而且别说是戴隐形眼镜了，更丢脸的是，他连眼药水都没办法自己给自己滴。

记得有一次他说希望我能帮他滴眼药水，我就说“好的，那我要上了。你记得啪嗒啪嗒几下”。结果他并没有啪嗒啪嗒地眨眼睛，而是嘴上小声说“啪嗒啪嗒”。那次真是让我吃惊不小。

而且理所当然的，他当时连眼睛也没有睁开，反而闭得紧紧的，眼药水自然也一滴都没有滴进去。

当时没有办法的我，好像是用力扒开了他的眼皮，给不停尖叫的时雨的眼睛里，滴滴答答地滴了相当多的眼药水……

然而现在，我看着身边那些发出尖叫的女孩子，每一个都是满脸意乱情迷的样子，就算我告诉她们时雨害怕眼药水，感觉她们也会说“即使那样时雨前辈也很可爱”，所以对她们根本也没什么好说的。

就在我的注意力离开圆形竞技场中心的那一小会儿，那里已经搭好了一个像是颁奖台一样的设施。而板着脸站在台上面的，正是冠军藤白乙音。

“虽然她没有说出来，但是全身上下都散发着一种不想站在那里的气息呢……”

“简直和上课上到一半肚子饿了，马上就要到极限，无法再继续忍耐的绘留奈一样呢溜呷。”

“你不举这个例子也没关系吧？马上把它给我收起来哦！

要把它给我慎重地上锁，锁进你记忆的最深处哦！”

我光是想一想那时的情况，都觉得肚子又要叫起来了。

就像要抗议毕咪说出来的这番话一样，我抓着它的头，手上一用力就搓揉了起来。

那件只差一步就可能真的发生的、几乎要跨越女性性别认知领域的事情，必须作为禁忌事件，被彻底埋葬到很远的地方去才行。

“再说，我也听小花袋说过了，当时我可不仅仅是露出不满的表情而已吧？听说我似乎都做好准备，要把隔壁座位的同学吃进肚子了不是吗？‘已经没把同学当成同学，而是当成满足自己食欲的对象了’，我可是这么听说的哦。”

“啊，确实是！作为类比来说可能确实不太合适溜咿……”

被我甩来甩去的毕咪眼睛都转圈了，但它还是马上自己反省起来。

它性格中的这一面也让人一看就肚子里有饿……不是，是肚子里有气。

总之现在，时雨似乎准备给藤白乙音做一个英雄专访。

而小乙音面对观众们称赞自己的无休无止的巨大欢呼声，表现出了明显的厌烦，甚至还做出了一个想要塞住耳朵的动作。

“这和绘留奈想买午餐，却发现绩点数不够，然后被购买部的人批评时做出的动作完全一样溜咿。”

“所以说，能不能请你不要再为了打比方，就持续挖掘我的过去了？能不能请你把我因为实在没办法，还去领过免费发放的面包碎边果腹的事儿快点忘掉啊？”

对于把进食当作最大享受的我来说，那是绝对不想再回忆起来的心灵创伤。我甚至觉得，这可能是毕咪在报复我刚才对它出言不逊吧。

我飞快地瞄它一眼，就看到它正吹着吹不响的口哨，噗呀噗呀地想要蒙混过关。

我们闹了这么半天，观众席上的人数看起来也完全没有变少。周围的人都是一副迫不及待要围观英雄专访的气氛。

“平常比赛结束之后，大多数观众都会马上就离开的呢溜咿……看起来今年真是很特别啊溜咿。”

“也许之前我们没看到的比赛过程，就是给大家留下了那么强的冲击力吧？”

大概是因为大家都在关注着小乙音的一举一动，喧闹的会场也一点一点地安静了下来。

小乙音对欢呼声无动于衷，甚至连动都没动一下，不过说不定，也许有很多学生看到她这样不同寻常的反应，反而被勾起了好奇心。

在受到绝大多数人支持的、最有希望获得冠军的人被她打倒之后，所有人都在等着这个新女主角的第一句话，甚至还能听到有人咽口水的声音。

这个时候，时雨却用一种很轻松的语调开始了采访。可以说，他一开口就把现场的这份紧张感说得无影无踪——

“那么，今年新人战淘汰赛的冠军——藤白乙音同学！据说你到现在还没有加入任何部门，还是无隶属部门状态啊！”

时雨露出了和蔼可亲的笑容，用轻松明快的风格开始主持工作了。

他这一套实在是太娴熟了，简直会让人产生错觉，认为比起漫画研究会的代表，他的本职恐怕更像是主持人。

“可是，溜咿……”

“嗯……虽然不想承认，但是作为有血缘关系的亲戚，这个画面也让我觉得很难直视啊……都想现在马上就跑过去给他吐两个槽免得冷场啊……”

我都羞得有点发烧了，情不自禁地举起双手捂住脸。

“……”

小乙音没有对时雨做出任何反应，不过她脸上的那副表情，几乎已经完全表达出她莫名其妙的心情了。

因为，因为——

“时雨，你递麦克风的方向不对啊！那个人是碰巧站在观众席最前列观战的凑川前辈啊！他的位置和小乙音的位置相差那么远，你是怎么会搞错的啊！”

“看起来没有戴眼镜的话，他确实什么也看不见啊溜咿。”

就是这样了。

时雨的视力已经差到相当糟糕的程度，不戴眼镜的话，完全无法辨认眼前的人是谁。

我以前也看到过一次，他没戴眼镜，把我妈妈错认成我，还在那里为爱告白呢。

虽然我当时假装什么也没有看到，但是我妈妈那副并不是完全不能接受的表情，好像也曾经让我相当震惊来着……

“那么，就开始英雄专访吧！”

不知道时雨是不是误会了，他大概以为会场上这过分喧闹的声音，是因为采访就要开始了才爆发出来的。总之，他就那样一无所觉地把麦克风递到凑川前辈面前开始了采访。

“凑川前辈也是的，只要告诉时雨他采访的对象搞错了不就好了吗……而且前辈怎么好像还有点高兴？”

“不知道为什么，总觉得凑川同学脸上有点红了溜咿……”

在时雨的麦克风递过来，所有人的注意力都集中在凑川前辈身上的时候，前辈甚至还稍微端正了一下自己的姿势。

搞什么啊，要怎样啊，到底有没有人能来阻止他们啊？

“首先就是老问题了，请跟大家说一下你现在最直观的感受吧！”

别管是直观的感受还是什么的，凑川前辈他只是一个观众啊。凑川前辈应该不会回答吧？这样时雨也就能发现自己找错人了吧。

“是相当复杂、很难用一句话就形容得出来的感觉……”

“竟然回答了！我的感觉比你还复杂好吗？”

凑川前辈很自然地回答了采访的问题。虽然也只能说不愧是凑川前辈，但是……

“看起来，时雨听到凑川同学的声音后，已经明白现在是什么情况了溜咿。他已经一脸铁青地从凑川同学的面前离开了溜咿……”

虽说目前的场面就像毕咪的长相一样无可挽回，不过我还是松了一口气。

另一方面，凑川前辈因为对自己的采访就这么无疾而终，还咬着手指头做出很遗憾的表情，也实在是过于超现实了。

而另一边的小乙音则连笑容都没有一个，就站在那里等着。中途好像还准备就那么偷偷溜走，不过大概是顾忌到观众们还在看着，才没有真的走掉。

时雨再次把麦克风递到了站在颁奖台上……应该说是被迫站在颁奖台上的小乙音面前。

好像刚才什么事情都没有发生过一样，时雨又露出了完美无缺的笑容。

“他的性格还真是好啊……唉。”

虽然我忍不住地叹气，但是观众们好像只是把这个插曲当作是缓和现场气氛的小玩笑之类的，根本没有人做出任何怀疑。

所以，也就只有凑川前辈一个人，站在观众席的最前排咬着手帕，一副很难过的样子。

“在下还是第一次看到，有人在不甘心的时候会真的拿一块手帕在那里咬呢溜咿……”

话说凑川前辈就那么想被当作英雄采访吗？搞得我都有点坐立不安，在想下次干脆以我个人名义给他做一次采访好了。

我不禁觉得，凑川前辈是一个能唤起别人母性本能的人。

“那么，就让我们重新开始进行英雄专访吧！请告诉大家你获得胜利后最直观的感受！”

时雨举着麦克风又对小乙音提出了同样的问题。不知道是不是眯起眼睛会看得比较清楚，他对小乙音提问的时候，脸上的表情相当不自然。

除了看着自己孙女的爷爷之外，还有人会把眼睛眯得那么

细吗？看他的表情，如果说他不是一个时隔好久才终于见到自己孙女的爷爷，反倒会显得不合理吧？虽然我很想这么问问，但是现在还是算了……

我一边半闭着眼睛看着时雨，一边静观事态的发展。

小乙音面对着递到自己面前的麦克风，发出了“哈呼”的一声。就在我思考她是不是打了个哈欠的时候——

“英雄专访？呵呵，这场比赛的激烈程度还比不上一场准备活动，所以我并没有什么想说的。”

就这样，她做出了像小恶魔一样的、挑衅的发言。

不管是主持人时雨也好，还是现场的所有观众也好，大家好像都没想到会听到这样的答案，以至于人山人海的圆形竞技场里，竟然鸦雀无声。

我好像也因为太过震惊而张大了嘴，最后还是毕咪慌慌忙忙地帮我合上了嘴巴。

在这个基本上全校师生都在关注的舞台上，面对着被自己打败的明日同学，竟然能做出这番发言……

周围还是没有什么动静，所以新闻部的离宫璐美奈同学持续按动快门的声音就显得更加响亮了。一定是因为刚才的发言足够写出一页的号外，能成为一件可以推广给全校学生知道的大事件吧。

“这个气氛，恐怕已经是无可挽回了溜咿……”

因为事情发展到了意料之外的地步，毕咪也苦着一张脸。

已经够了吧——小乙音浑身散发着要阻止时雨继续采访的气息，直接从接受采访的台上下来，慢慢悠悠地走出了圆形竞技场。

在满场疑问的喧哗声中，时雨好像还想要救场，他提高音调，转而面向亚军明日同学开始了采访。

明日同学完全没受小乙音之前那番挑衅言行的影响，还在那里满面笑容地称赞着获得冠军的小乙音。

“为什么这孩子这么棒啊？果然是因为蔬菜吗？是蔬菜吗？如果能大口大口地吃我不喜欢的蔬菜，我也能被养育成这么好的孩子吗？”

“在下觉得蔬菜并没有那样的功效溜咿……”

看起来，被明日同学这大好青年的举止治愈的并不只是我，就连观众席上的气氛也都变得平和起来。

明日同学的心里肯定也很不甘，但却能做到这样，真是成熟啊……

如果我站在和他相同的立场上，面对曾经那样对待过自己的小乙音，绝不可能做出如此正面的评价，更不可能如此直接地称赞对方了。

明日同学脸上带着泰然的表情，用一种与平时怯懦的态度完全不同的语气，继续回答着采访中被问到的问题。

“藤白同学呢……虽然她在部门方面还是处于无隶属状态，但是无论今后她加入哪个部门，以后在对抗战的舞台上也还会再碰面！几次……不管几次我都会战斗，并希望能得到最后的胜利……不，我一定会战胜她的！”

这个让人有些意外的热血发言，引发了观众席上一轮盛大的掌声。

明日同学对天文部的同伴们，以及在决赛之前曾经交过手的每一个对手行过礼，才礼貌地从访谈的台上走了下来。

“那个，毕咪，你说会不会很奇怪啊？我呢，事到如今突然觉得非常……不甘心啊。听了明日同学说的这番话，突然觉得自己才打了那么几场就结束了，非常不情愿啊……”

不知道是不是因为输得实在太过干脆，就连输了比赛这件事本身留给我的印象都不是很清晰，结果就完全错过了意志消沉的最好时机。

像现在这样从观众席上……从舞台的外侧用客观的角度看比赛，我才终于被这种无法登上战斗舞台、只能旁观的现实打击到了。

“绘留奈……”

毕咪轻手轻脚地蹲在我的肩膀上，做出了好像在安慰我一样的动作。

在御神乐学园就读时期，每个人都只有一次参与新人战的机会。

我品尝过了胜利的喜悦，还有失败的懊悔……这是一个不知道哪里透出一些苦涩的、大概无论何时都不会被我遗忘的大舞台。

这是在我直到初中为止的校园生活中，从来没有经历过的感觉。

可是，还有那么多不认识的前辈们，还有连面都没见过的、那么多的新生们。

我觉得从今以后我的每一天，都会被这种兴高采烈的感觉包围。

“哇！我现在真的好兴奋啊！”

“一会儿失落了一会儿又开心了，不但性格慌里慌张，举动还很可疑呢溜咿……”

毕咪的这种说法，其实原本我也是可以接受的，但是这里会有这种反应的一定不只我一个嘛。

周围的观众席上，也可以看见不少新生，在看了明日同学和小乙音两个人带给大家的高级别的战斗，又亲眼目睹了采访过程之后，似乎都感受到了决赛等级如此高不可攀，在失落的同时个个都用力握紧了拳头。

只要是特意选择了御神乐学园来就读的学生们，不管是谁，看到这种场面后不可能没有感受到那种雀跃吧？

不过从某些角度来说，这也是一所不可思议的学校，大概来这里就读的学生多多少少会有一个两个怪癖吧。

而像新人战这种重大比赛的舞台，能吸引如此多的学生来观看，我甚至觉得，应该没有任何学生会不去幻想、不去希望自己总有一天也能站在如此广阔的舞台之上。

当我的目光再次回到场地上，不知道为什么，这回站上采访台的已经是时雨了，他正在那里滔滔不绝地高谈阔论。

“看来好像是因为访谈比预定结束得早，所以他现在是在填补空出来的时间呢溜咿。”

“时雨只有在这种地方莫名其妙地特别认真呢。”

虽然记不清是什么时候，但他好像对我说过，只要被委托了某件工作，那么不管发生什么情况都要超水平完成，这是他的信条。

“不过因为他服务精神过于旺盛，经常会做出别人根本不希望他做的事情……要形容的话，就好比你是去吃拉面，结果服务生一边说‘这个是赠品’，一边又端出了乌冬面和荞麦面。

然后你就因为连续不断地吃主食，朝着变成胖子的方向勇往直前了！大概就是那种在本人并没有恶意的情况下，却做出坏事的感觉吧？”

“先不管你举的这个例子到底是贴切还是不贴切的问题，光是听你说，在下都觉得肚子已经饱了溜咿……”

我希望赠品达到饺子这个程度就可以了。吃完拉面之后是乌冬面，最后又再追加一份荞麦面什么的，也实在是过于让人摸不着头脑了。

我一边回忆着幼年时期时雨曾经对我做过的种种事情，一边打了个冷战。

紧接着，我就看到站在台上的时雨，一边继续说话一边不知道为什么不断吸着鼻子，好像在找什么的样子。这让我不祥的预感达到了最高峰。

“因为没戴眼镜视力不好所以就用鼻子……好像通过味道去找什么东西，这可不像一般的人会有的思路吧？难道说他是野兽吗？”

“在下已经能清晰地想象得到，那些女生们原本不知道他有这么奇特的一面，在知道了之后，应该会跨过困惑这一阶段直接陷入冷场了吧溜咿。”

而且很悲伤的，这种情况下他在找的人是谁，我心知肚明。

虽然只是推测，而且我也根本不想猜中，但是我心里的某个地方却已经明确地意识到，我掌握着正确的答案……

“哎呀，小绘留奈！你在那边啊！”

“我们明明离得这么远，你难道真的是通过分辨味道找出来的吗?!”

在巨大的圆形竞技场中，他竟然从人海里把我找出来了。

这种情况下，如果换是其他人，再换一种其他的方式，辅以浪漫的气氛，大概有演变成恋爱萌芽诞生的可能。

然而现实是，我的对手是变态表哥，而他找到我的方式是靠嗅觉分辨。这简直就像是不惜用尽全力，也要与“浪漫”这个词语背道而驰一样。

我简直想抱住自己的头，拼命假装成别人。

“现在大家渐渐都已经知道你和时雨之间的关系了，所以没办法了溜呷。你看……”

在毕咪的敦促下，我环顾了一下周围，毫无疑问，大家都在看着我。

“呜啊啊啊——！”

明明没戴眼镜，本应该什么也看不见的时雨，却毫不犹豫地朝着我所在的方向跑了过来。

“竟然闻味道就能找到，难道说一宫同学……其实很臭？”

“对吧！她好像没有隶属部门，难道是因为气味的缘故所以哪里也不要她吗……”

周围乱哄哄的，我明明不可能听得到他们到底在说什么内容，但却陷入了这种被害妄想，下意识觉得大家都在说我的坏话，这太糟糕了……

“嘻嘻……虽然绘留奈同学好像是‘无所属’，不过接下来就以‘无臭族’为目标就好啦。”**（注：日语中“无所属”与“无臭族”发音相近。）**

“讨厌！我已经控制不住自己的脑子开始想象了！想象将来部门活动室里，堆满了像山一样多的除臭剂的画面！”

不知道为什么，甚至连我即将创建的部门是如何被其他人看不起的情况，都很具体地浮现在我的脑海之中。

快停止！再怎么说我也是个女孩子啊！

即使我知道事实上并没有人说了这样的话，但是我的妄想已经变成这样，那就不是一时半会能停止的了。

“让在下闻闻……没关系的，绘留奈身上并没有传出什么奇怪的异味溜咿！咳咳咳咳，咦？在下是不是有点感冒啊溜咿，怎么咳嗽了？咳咳咳咳！”

“毕咪，能不能请你不要挑这种特别不应该咳嗽的时候咳嗽啊？这不是反而更让人觉得我身上有臭味吗？”

这样一来，我就会觉得世界上所有人都是我的敌人啊。

这到底算是怎么回事啊？谁来救我啊！HELP ME！

“哎呀哎呀！你是在叫我吗？你是在强烈地需要我吗，小绘留奈？”

我恨恨地瞪着时雨，他手上还拿着采访用的麦克风，正三步并作两步，蹦蹦跳跳地朝着我的方向跑来。

“我没叫你、不需要你、理解不了你！”

“竟然莫名其妙地有节奏溜咿……”

我本来还想踩住他的脚，结果被他轻松地躲了过去。明明没戴眼镜，这家伙的感觉竟然这么敏锐吗……

浮动在圆形竞技场上空的摄影机也全都转向了我所在的方向，我那满脸不高兴的表情正以特写的形式出现在大屏幕上。

简直就等于被打上了标签——这个人就是仅凭气味就被发现的女学生！气味的发生源！元凶就是这个人！

我现在相当难过，为什么每一个人都是……

“那么接下来就是特别采访环节，在这次的新人战中获得了前八名的好成绩，还留下了让人无法忘怀的成长轨迹，将来预定会和我一起诞下可爱孩子的我的表妹，一宫绘留噗哦！”

在他把这段话说完之前，我就一拳打上了他的脸。

这一拳很用力，有着差一点就能让他流血的攻击力。

如果对手是小动物的话，这一击很有可能会直接取它性命。可惜的是，我的对手并不是可爱的小动物，而是糟糕的变态，二宫时雨。

从观众席上应该可以清晰地看到我打他的画面，还稀疏地传来几下掌声。与此同时，一部分的女生也发出了抗议的声音。

女孩子们，你们差不多也该醒醒了吧？就不要再被时雨的外表欺骗，还抱有什么幻想了。

“Nice love attack，小绘留奈！”

虽然我准备浑身解数拒绝他，可是这对于时雨来说好像完全没有任何效果，不如说他脸上完全是一种“打是亲骂是爱”的表情。

已经不行了……

之后，他也假借采访之名不停打探我的近况，而我则想尽一切办法来逃出他的魔掌，双方就在大屏幕之上展开了一场丢脸的攻防战。

即使如此，从第三者的角度来看，这大概也只不过是年龄相近的亲戚之间让人莞尔一笑的小打小闹吧？我能感觉得到，自己已经被饱含欣慰的视线所包围了。

“真是佳话溜咿……”

“给我等一下！如果这也能算是佳话，那这个世界上的恐怖电影，不就全都称得上是看得人泪流不止的感人故事了吗？可以一边看着被僵尸袭击的大姐姐，一边拿手帕不停擦着眼泪哦！是不是啊，毕咪？”

虽然毕咪是在真实的感情作用下说出这句话的，但以时雨现在的状态，即使保守地说，也是非常值得担心的。而且再继续发展下去，也有在我的刺激下使得他变得更加暴力化的风险。

与此同时我也发现，原本在明日同学接受采访之后，会场中仍然还有一些针对小乙音的消极声音，但是在时雨采取这样的举动之后，这些声音也已经消失了。

难道说，时雨这么做，一开始就是为了这个目的吗？小乙音的态度给她引来了不少批评的声音，为了驱散那些负面的情绪，时雨才故意这么做的吗？

这么一想，就觉得所有这一切都可以接受了。

时雨负责的这类采访，并不是只要把准备好的问题平淡地提出来就可以完成的工作。

在如此多的观众面前，新生应该如何表现，而作为主持人，又应该如何保护在新人战中获得好名次的新生——说不定时雨的身上还背负着这样的重担吧。

只要新生不受到伤害，哪怕自己背上污名……

他那种与生俱来的服务精神，在这里得到了很大的发挥。

这突然让我意识到，我竟然只因为自己亲戚过于夸张的爱情表现就产生了厌恶感，实在是让人难为情……

等到下次只有我们两个人的时候，再跟他道歉吧。现在嘛，只要什么也不说，配合时雨的行动就好了。

“啊？小绘留奈，我没有眼镜什么也看不到啊！我这么一点一点靠近你，绝对不是要抱住你或者是有其他诸如此类的想法哦。只是为了要采访你，所以必须把麦克风递到一个合适的距离而已……”

“嗯，这个人果然只是个笨蛋而已吧！是我刚才想得太多了吧！”

时雨果然就只是时雨而已。可能是我潜意识里不想贬低从小一起玩到大的表哥，一不小心就想得多了……

不知道时雨到底想要做什么，总之他撅着嘴唇，一副要亲上来的样子，不断拉近我们之间的距离，所以我就一脚把他踢飞了。

激斗的热度几乎完全没有冷却，圆形竞技场里面的气氛却缓和了下来，我甚至隐约听到周围已经有一些温和的笑声传了出来。

“嗯，果然这两个人的关系是很好的溜咿！”

毕咪的这句话，被周围的笑声淹没了，我们都没有听到。

不过呢，总觉得——虽然只是我个人的感觉——它说的话大概是我无法反驳的。

*

从圆形竞技场里出来之后，就看到四周有一小群一小群的人聚集在一起，从中抽身出来的人手里好像都拿了什么东西。

“那是号外溜咿。御神乐学园的新闻部，按照大众评价来说，一直以来都是工作效率很高的部门溜咿。”

“啊，是新闻部啊……他们还曾经为了工作牺牲了我……不，应该说是给了我很多的关照吧。”

我觉得自己之所以会一边说，一边做出一脸苦相，也是情有可原的。毕竟离宫璐美奈同学可不是一个容易对付的人……我的视线不禁飘向了远方。

到了现在这个时候，已经连想要挤进去拿一份号外都很艰难了。只要有一个人出来马上就又有一个人挤上去，所以我很犹豫到底要不要去拿一份。

就在这个时候——

“我去取吧，绘留奈同学就在这里等一下！”

有个人带着笑容对我说，然后没等我回答就向着前方的人堆小跑过去了。

“明日同学……”

那是刚才还投身在决赛场上的亚军，射水明日同学。

虽然我也想马上追上去，可是一想起明日同学被小乙音打败，倒在地上的样子，我的身体就突然不能动了。

我不知道应该怎么跟他搭话才好。

因为睡过头，连比赛一开始的部分都没能看到的我，到底应该跟他说什么呢……

我望着越跑越远的明日同学的背影，沉默着停下了脚步，脑子里闪过好多各种各样的想法。

他曾经和我一起在屋顶上看过星星，也曾经连个不高兴的表情都没有地、毫无怨言地陪我练习。我第一场比赛那天明明什么都没跟他说过，他也主动来为我加油……

在我回忆中闪过的明日同学的脸，每一个表情都是无止境的温柔。

“你不用那么钻牛角尖，明日同学没问题的溜咿。他并不是只有温柔而已……他是一个很强大的孩子溜咿。”

“是吗……嗯，没错！就是那样！只要和平常一样就可以了对吧。”

在有关明日同学的事情上竟然被毕咪开导了，明明是我更了解明日同学的!

如果是平常的话，这时候我大概不会放过这个吐槽毕咪的机会吧，不过今天我决定老实地接受它的好意。

说不定，在明日同学战败这件事上，我受到的打击比我自己所想的还大。

明日同学去拿号外的时候，人群就像被分割开似的给他留出了一条通路。

是因为号外中写到的当事人就出现在自己面前，所以大家才惊慌失措了，还是因为风云人物突然出现才变得畏缩了呢?

“非常抱歉……我并没有想要插队的……那我就承蒙大家的好意，我先拿了！”

明日同学非常惶恐的样子，不停地点头致意，那速度都要让人怀疑点头怎么能那么快。在他无数次地低头行礼之后，他终于拿好了号外。

“他头部的那个动作，别说是在校园里，就算是在摇滚演唱会的观众席最前排，恐怕也会被大家围观吧？就连他身边的其他观众，恐怕也会在觉得这家伙挺厉害的同时，不时关注着他的举动吧……”

“以这么猛的势头连续点头撞击的话，恐怕就连水泥都会被他撞出裂缝来溜咿。这将会成为正统意义上非常恐怖的攻击溜咿……”

我和毕咪一起，流着冷汗吞下了一口口水。

明日同学与他那正太一般无害的外表不符，骨子里是个可怕的孩子！

没过多久，明日同学便带着微笑走了回来，看来并没注意到我们在背地里议论他。在他手中，已经抱紧了给我们带来的几份号外。

“这里发生什么事情了吗？毕咪老师出了好多汗呢……要不要我去帮你找条毛巾？”

“没，没有啊！什么事情都没有呢！”

面对完全只是在为我们担心的明日同学，我和毕咪心中都充满了罪恶感，也就只能一遍又一遍地强调着这句话。

毕咪的眼神也完全游移不定了。不，我觉得已经超越了游移的程度，简直就快要溺毙了……

虽然我已经决定像平常一样表现就可以，不过实在太像平常了恐怕也有点过分吧？

明日同学歪了歪头，好像不太理解发生了什么事情似的，嘴里说着“来，给你”，然后把新闻部的号外递了过来。

好像有好多人的视线远远地扫过来，朝我们三个人身边这一圈偷偷打量着。这应该不是我的错觉吧？这些视线的主人大多是无法抑制好奇心的学生，大概是想知道明日同学本人看了号外之后，会做出什么样的反应。

他们一定是没有什么恶意的，如果一个我完全不认识的人遇到了今天明日同学这样的情况，代入那样的立场想一想，我说不定也会非常好奇地偷偷观察。

可是，这样的视线才是最残酷的吧？

“啊哈，我的事情也写进报道里面了。果然啊。”

看了号外之后，明日同学好像有一点失落的样子，不过还是勉强露出了笑容。

“‘赛前评价如一等星般闪耀的射水明日，给出的答卷却只是暗淡的六等星。完全没有发光’？真是过分，哪有这样的！”

我忍不住发出了痛心的喊叫。

在事前投票中，他是天空所有星星中最耀眼的一等星。

可是按照文章中的写法可以看出，作者的意思是比赛全部结束之后再重新审视的话，明日同学已经变成了六等星，而六等星是能用肉眼直接观测的星星中最暗淡的等级。

“这也没有办法。我没能实现大家的期待也是事实……”

明日同学好像还在安慰我，对我露出了一个温柔的笑容。

明明应该我去安慰他的，主动说话的应该是我才对。

明明是这样……

“有像你这样的朋友能够为我愤愤不平，我很高兴！也非常受到鼓舞！”

看到这种有很大冲击力的报道，明日同学不可能没有受到打击，他好像在压抑着自己的感情，抬头看向了天空。

总觉得明日同学的眼睛里，好像一点点地渗出了眼泪。不过他抬头看天的动作很快，所以也说不定是我看错了。

毕咪无声地制止了我，让我不要看了。

当然，我本来也没想过要偷偷去看他此时的表情。那种事，我怎么可能做得到呢……

那些远远看着这边的学生，不知道什么时候也都已经看不到人影了。

那个瞬间，有清风拂过脸颊。

“即使是暗淡的星星，也一定能把自己的光芒照向某个地方……可是我呢，就像自己是因为暗淡而被嘲笑了一样，总觉得有点不甘心……也很难过。”

他的这番话，其实并不是在责备写出号外上这篇报道的新闻部成员。甚至他的难过，也不是因为这是一篇针对自己的负面报道。一定要说的话，大概比较像是因为最喜欢的星星被写成了这样而感到心痛吧。

不过我总觉得，会有这样的反应也是因为明日同学就是明日同学啊。

“明日同学还在发光呢。至少在我眼里是这样的！像流星一样美丽呢！只要把自己的愿望重复三次就能实现呢！”

我还故意做出好像“实在太耀眼了让人无法直视”似的动作，夸张地伸出手挡住了双眼。

“等，等一下，绘留奈！流星什么的，就像明日同学已经燃烧殆尽了一样溜咿！现在这种情况绝对不能用这个比喻的啊溜咿！”

“咦？我可没有那种意思啊！虽然我已经在心里把愿望重复到第二遍了，但是还是放弃吧，就当没有这回事！”

这些话我没经过大脑就说了出来。

如果不是毕咪，恐怕我的想法根本不会袒露到这种程度，所以有那么一个瞬间我是想过要不要推卸责任的，但至少在面对明日同学的时候不应该这样，于是我没有再说什么。

不会生气了吧？我战战兢兢地偷偷看着明日同学。

“啊哈哈，如果是我能实现的愿望的话，倒是挺想帮你实现的呢。绘留奈同学，你许了什么愿望？”

他眼睛里那层刚才好像曾经浮现出来的泪光，已经无影无踪了。

那个天使，身周永远环绕着一种温和柔软的气氛，就站在那里看着我。

“呃……我的愿望就是……那个，就是小乙音在新人战夺冠之后应得的那份绩点数，不知道哪里搞错发给了我……那个，对不起……”

“简直是最糟糕的愿望溜咿……”

短时间内想到一个合理的谎话来代替自己的真实想法，这种事情我就是做不到嘛。

除了憋着不能上厕所的时候，我的人生中还从来没有过这种扭捏的姿态，不过我还是做出了能被画成图例一样标准的扭捏的动作。

“这个愿望，我好像没办法帮你实现啊。不过……”

“嗯？什么？明日同学。”

“不过……如果是真正的流星的话，说不定可以帮你实现呢。下次，我们就一起用天文望远镜找一颗流星来许愿吧！”

明日同学好像很不好意思一样笑了起来，这样对我说道。

*

在学校里，还到处弥漫着新人战那尚未冷却的兴奋劲儿。

也有学生手上拿着号外，讨论着哪场比赛比较好看，哪个参赛者今后会有更好的发展，一边说，一边与我们擦身而过。

然而，那些数量众多的路边摊却每一家都在收摊善后，给人一种节日终于就要结束了的凄凉感觉。

明日同学和天文部的成员们约好了要集合。我们分开后，我还沉浸在比赛的余韵中，决定先散一会儿步，就和毕咪两个人一起走了起来。

虽然也想一边看着今天比赛的录像一边回顾一下……不过我还有更在意的事情。

“和我一样没有隶属部门的藤白乙音，是个可怕的人吗？”

“在下也是今天才第一次知道有这个人溜咿。如果是那么有实力的人，即使从哪里听到有关她的传闻也并不奇怪啊溜咿……唔嗯……”

看起来毕咪也和我没有什么区别，刚刚才第一次见到她。

她那种挑衅的态度，简直好像连整个新人战都不放在眼里一样。可是这种做法又不会给她带来什么好处，她为什么明知道还是这样做了呢？

我想要直接去问问她本人。

一定有某个理由才对。

一直在想着小乙音的事情，我变得越来越在意，甚至都有些坐立不安。

到底要去哪里才能找到她呢？既然无隶属部门，也就不存在到部门活动室就能找到她的可能了。

“嗯，这样的话也就只能去找朋友们一个一个地问，看看有没有人知道她住哪个宿舍吧？”

“虽然就没有隶属部门这方面来说，她和绘留奈也算是有共同点，不过在下怎么想都觉得你们两个一定合不来，这也是没有办法的溜咿，没问题吗？”

“交给我吧！我有一项了不起的特技——即使只有我单方面对对方产生了兴趣，都可以勇往直前不放弃！”

“这可真是相当会给别人添麻烦的特技溜咿……可以的话，你最好不要在在下之外的人面前提起这件事溜咿。”

咦，是那样的吗？可以的话我还想很积极地到处跟人说呢。

我本来还想把它写在自我宣传表格的特技部分里的！还想把它写进博客的文章里面！

虽然是这样，我走着走着，还是再次感觉到，这所学校里面我从未到过的地方还真是多。

“这里有一个像神秘的巨大迷宫一样的东西，这是要在什么活动中使用的啊……远离大陆的小岛上还有一个好像监狱一样的标志画在上面，到底是做了什么坏事才会被隔离到那种地方去呢？”

即使只是用终端看看地图……怎么说呢，让人在意的地方简直多得数不过来。

当然了，只看地图和实际走到那个地方去，用自己的双眼看到真实景色的感觉，肯定是不同的。

“这边花坛里面的花好漂亮啊！如果不是有人用心照顾的话，绝对开不出这么美丽的花！都让人觉得有些感动了。”

我们现在正走过的地方就是这样的。

漫无目的地随处走动，不知不觉中就走到了一个周围有很多大花坛的地方，花坛里面五颜六色的花朵都在竞相开放。

这也是一个完全无法只看地图就领略实际景色的地方。

上课学习和部门活动……还有对抗战虽然也很有趣，但是像现在这样在御神乐学园里面散步也不错呢。

我偷偷地在心里下了决定，要一步一步地到学园里的各个地方去看看。

“这附近的花坛，在下记得应该主要是由凑川同学管理的溜咿。除了园艺部和该部门的毕业生负责的区域之外，像凑川同学那样，在限定范围之内拥有自己的花坛的学生也是有的溜咿。如果绘留奈想要的话，肯定也会给你一块的溜咿！”

“咦，是凑川前辈的吗？这么一说的话，这种用花草围绕出一个让人平静的空间的风格，确实也很像是前辈的手法。哼哼，如果我也打理一个花坛的话，一定会因为绘留奈小姐那惹人怜爱的气质过分流露，以至于长成一大片花海的！那样一来，连凑川前辈都会嫉妒我了吧！真是让人为难呢！”

“绘留奈你脑子里长的都是花吗溜咿……”

毕咪那既没礼貌又没神经的发言让我有些生气，于是我随手撸了一大把生长在附近的茂盛草籽——就是那种能粘在衣服上的带刺的种子——朝着毕咪扔了过去。

我小时候也曾经把这种草籽装在口袋里，一边说着“我有很多武器哦”，一边玩。

幼儿时代的我，也是很有攻击性的，甚至可能比现在的我还厉害呢！

“呀啊，请住手溜咿！在下蓬松的毛里粘了好多草籽进去了溜咿！”

“全身都粘满了绿色的草籽的毕咪，一眼看过去根本分辨不出是什么生物，难道说已经堕落成单纯会让人感到恐怖的物种了吗？小孩子看见你都会哭出来哦！”

“会哭出来吗溜咿？平常小孩子都是指着我笑啦，追着我笑啦，围着我笑之类的啊，难道让他们看到现在的在下的话，就会哭出来吗溜咿？”

“你平常根本就一直在被小孩子取笑吗？不但被追还被追

上之后围着取笑吗？就连我都觉得你有点可怜了。”

我追着飘飘忽忽地飞在半空、躲避着草籽的毕咪，然后便听到建筑物后面的某个花坛里发出了什么声音。

周围完全没有感觉到有人在的样子。新人战才刚刚结束，在这个属于僻静角落的地方，到底是谁在这里修整花坛呢？

我很好奇，便忍不住探头朝声音发出来的方向看了过去。

“呜呜……呜呜呜……呜呜呜呜……”

——某个人正双膝跪地发出悲痛的哭声。而那个人，竟然就是我正在寻找的藤白乙音。

虽然我一直在想着要找到她跟她聊聊，但是也没想到会这么突然，而且这么快地见到她。

她大概是被凑川前辈种出来的花所吸引，然后便沿着花的方向向前走，就自然走到这个地方来了吧？当然，这只是我个人的猜测。

毕咪一边啪嗒啪嗒地把身上的草籽摘下来扔到地上，一边和我交换了一个眼神。我们两个人嘴部的动作完全重合，做出了“这是偶然吧”的口型。

话虽如此……

“被采访的时候，那副桀骜不驯好像公主大人一样的态度，感觉就像是假的一样……”

“坐在地上哭到浑身无力，还是鸭子坐的姿势溜咿。”

嗯，是鸭子坐呢。

是我最喜欢的坐姿。

那个坐姿如果是美少女来做，是极其具有杀伤力的。要描述那种魅力或者说魔力的话，恐怕一开口就停不下来了！

关于鸭子坐这个姿势的优越之处，到时候我要请小冰见来实际表演一下，然后在一边看着，一边慢慢思考。而现在的重点则是做出这个姿势的人——小乙音。

虽然可能并没有这个必要，不过我总觉得自己好像看到了什么不应该看到的画面，所以不知不觉中已经自觉地躲进了建筑物的阴影之中。

从外面就只能看到毕咪从身上摘下来的草籽不时从阴影中跳出来，这倒是构成了一幅超现实的场景。

“又，又做出了这种事……明明藤白根本没想要那样做的啊！明明没想那样做的……住在，住在藤白脑子里的devil……”

小乙音抱住自己的头，用带着哭腔的声音自言自语。

“是说恶魔吗……话说回来，她的英文发音有这么好吗？难道她的设定是海归子女吗？而且她的性格，简直是一个有点中二病，却又带着萌系属性的百宝箱呢！还有，竟然用姓氏称呼自己，这也太可爱了吧？真让人受不了！”

"藏在隐秘的角落里偷窥别人，还喘着粗气说出这种言论……你因此被纪律委员抓走也不奇怪溜咿……"

我无视了在一旁嘀咕的毕咪，继续观察着花坛边的小乙音。

现在的她，就连说话的声音，听起来都和接受时雨采访时完全不一样。简直让人无法相信，她就是刚才那个颇有气势地站在圆形竞技场中间，威风凛凛、堂堂正正，好像即使与所有人为敌都无所谓的人。

"这个怕生的毛病要到什么时候才能治好啊……一紧张脑子里就会变成一片空白，随口说出过分的话来……藤白不要这样啦……"

小乙音一边这么说着，一边又"呜哇"地哭了出来。

想把她抱在怀里！就是现在，我简直想马上把这个孩子紧紧地抱在怀里！

听她刚才自言自语所说的内容，是因为过分怕生，所以才在采访的时候做出了那样的反应。

紧张的时候说不出话来倒是可以理解，但是竟然变成了多嘴多舌的虐待狂性格倒也是新鲜。

我也差不多到了忍耐的极限了。

"小乙音！让我抱抱你，让我摸摸你的头，可以的话请跟我一起住！"

我从建筑物的阴影里猛地冲出来，像钻头般旋转着，张开双手想要一下子冲上去抱住小乙音的头。

“呀啊！有妖怪啊！虽然妈妈说过让藤白注意，不要口不择言，但这会是那种专门会袭击可爱小孩的怪物吗？因为藤白被养育得很可爱，所以才出现的吗？妈妈，你看到了吗？藤白做到了！”

小乙音动作轻快地闪避着我的攻击，不只是动作，就连嘴上也很轻快地说着奇怪的事情。

“看，看来不仅仅是无隶属部门，就连性格奇怪这一点也和绘留奈很相似溜咿……”

小乙音站了起来，就像一只愤怒的猫一样，对我摆出了威吓的姿势。

生气的表情也很棒呢，萌得我想要满地打滚了。

“就觉得好像在哪见过你呢，原来是在藤白随随便便就赢了的新人战里，得到了一个不上不下的名次，又在不上不下的地方就输掉了的人啊。对了，如果一定要说有哪个方面已经大大超过了不上不下的界限的话，好像也就只有惹人恶心这一点吧？你这样真的没事吗？”

不知道她怕生的毛病是不是又发作了，小乙音现在又露出了和接受采访时同样的表情，用和那时相同的声音说出了挑衅之辞。

如果什么都不知道就听到这番话的话，我一定会很生气，但是现在我已经知道，她是因为过于紧张才会变成这样，反而觉得她有些可爱。

“没关系啦，没关系啦！你也要加油啊，小乙音！我是同样没有隶属部门的一宫绘留奈，请多关照！我会一直缠着你，直到你不再对我感到怕生为止的哦！”

“才，才没有怕生呢！藤白根本就不认识这个词汇！”

“看起来，她倒是很擅长在奇怪的地方灵活运用自己身为海归子女的背景呢溜咿……”

她这心口不一的态度就先不提了，只是她表现出的充满戒备的距离感，就已经让我有种心中一动的感觉了。

但我是不会认输的！单方面不断缩短与别人之间的距离，用蛮力打开闭锁的心扉——这可是我最擅长的事情！

虽然这可能称不上是能拿出来在别人面前大谈特谈的好方法，但这是我自己独特的交朋友的方式。

呜噜噜噜噜……小乙音摆出好像在威吓敌人似的姿势，虽然她本人可能完全没有那个意思，但是确实是相当可爱的。

在两个人针锋相对地试探对方态度的过程中，小乙音好像终于发现了毕咪的存在，还惊讶地叫了一声，明显有点慌了手脚的样子。

就在我刚产生这个想法的时候，她却突然收起了威吓的姿势，唰地一下挺直了脊背：

“毕咪老师！您工作辛苦了！藤白乙音，今天也是优等生！是优等生哦！”

小乙音做出一副虚情假意的语气和官方形式的笑容，对着毕咪就巴结起来。

“优等生……藤白乙音毫无疑问是超级优等生……请毕咪老师一定要在内部评语上这样写……”

“能不能请你不要在在下耳边像洗脑一样，不停小声地重复这些话了溜咿？”

小乙音这种突变的态度好像吓到了毕咪，它一副不知道应该怎么做才好的表情向我寻求着帮助。

但不知道这种尊师重道的态度是不是让毕咪产生了愉悦感，它心里似乎认为遇到这种事也不错，表情里流露出一丝小小的得意，这让我有点气愤……

“小乙音，你那么在意内部评价的话，就没办法度过快乐的学校生活了哦？要放松一点，放松——好吗？”

我像给她按摩一样在她肩膀上嘭嘭地拍了几下，结果她一脸让我不要捣乱的表情瞪了回来。

“如，如果要说明内部评价成绩有多么重要的话，那说起来话可就长了，就像今天马上就会结束，没过一会儿明天又要到来，光辉的未来大踏步地走来一样吧……”

不知道小乙音这段话是不是把自己也说糊涂了，看她的样子，最后根本连自己在说什么好像都不知道了，就连她的眼睛都咕噜咕噜地转了起来。

“毕咪大概根本没有权限写内部评价吧？所以没关系的，可以更轻松地跟它交流啊，根本不用把它当成老师啦。”

就是这样吧？我转头看向毕咪，毕咪虽然摆着一脸复杂的表情，但还是点了点头。

“什么啊，原来是这样吗？原来你在老师之中也属于比较低等的吗？是很微妙的立场吗？为什么你的姿态那么丑陋呢？藤白可以踢你吗？”

“态，态度一下子就一百八十度大转变了溜咿！刚才那个优等生跑到哪里去了？”

就像刚才接受采访的时候一样，小乙音只有在变成这种语气的时候舌头才特别好用，可以喋喋不休地说个不停。

不在这样的状态时，就变回轻声细语的语气，好像在害怕什么似的战战兢兢的，这态度的起伏也太过巨大了吧……

“黑乙音和白乙音……我无法选择，无法选择啊！两个我都喜欢啊！”

“能不能请你别把别人说得好像奥赛罗的棋子一样？明明藤白一直都是纯白的！”

说完，她还对我做了一个鬼脸。

太小孩子气了……这孩子因为没常识到超出常规的程度，以至于都有点幼稚了吧？

在圆形竞技场时从观众席上看到的她，和现在在这里直面她——只是经过了很短的时间，印象就已经有了巨大的改变。当然了，是从好的意义上。

小乙音是个笨拙且又不喜欢袒露心声的孩子。这么一想，让我更想要保护她了。

“藤白同学英语的发音很好，难道是海归子女吗溜咿？”

毕咪问出了我也想知道答案的问题。

小乙音刚才对待毕咪的时候还是一副尊敬、崇拜的态度，现在却已经变成了像在看杂草一样的蔑视眼神。这地位下降的速度也太不同寻常了吧？

“不是，藤白从来都没有离开过日本一步。因为藤白害怕飞机……不是，因为出国留学是只有不良少女才会做的事情！”

“这观点真是新鲜，我还是第一次听说呢……”

不过，听起来也只不过就是单纯因为害怕不敢坐飞机，然后又找的借口而已。

“如果去过国外，内部评价的成绩就会掉一大截哦。”

“在下觉得不会有那种事的……”

而对于毕咪嘀嘀咕咕说出来的话，我完全不想分心去听。

“不过，如果坐火车去国外的话，对内部评价成绩就完全没有影响了，是安全的。”

“这是什么规矩？而且火车也太厉害了吧？话说回来，什么时候发明出来能跨过海洋的火车的话，倒也还不错呢！”

小乙音嘴里能说出这些天马行空的事情，这么能言善道，简直让人完全无法相信她竟然是个怕生的人。不管怎么看，她也太多话了吧？

虽然现在还无法判断，她是只有对我这样，还是平时就一直是这样对待所有人的。

如果是前者的话，那我们一定可以成为很好的朋友吧？

*

不知道小乙音是不是终于能够接受我们突然闯进这里的事实，还愿意带着我们在花坛旁边稍微走动一下。

“呜哇！这里还有这样的地方啊！”

在一圈草本花木的围绕之中，现出了一栋像林中小屋一样的建筑物。里面摆放着白色的桌子和椅子，让我感觉像是走进了一间很时髦的咖啡屋。

“藤白自从在御神乐学园上学以来，经常一个人在这里哭……不对，是经常一个人在这里思考有关世界和平的事。”

“虽然每个人要想什么都是个人的自由，但是你这想的也未免有点莫名其妙了……也就是说，这里就是类似于只属于你自己的秘密场所吧？我们两个人可以在这里一起建立起一个爱巢对吧？”

“在下觉得她并没有那个意思溜咿……”

坐在椅子上抬头看向天空，就发现这栋小屋的顶棚是用常春藤编织出来的。阳光从藤编的微小缝隙中照射进来，不知道为什么，沐浴在这样的阳光下让人觉得心情很好。

小乙音还拿出了不知道藏在哪里的茶具套装，泡上了温暖的红茶。

“要，要保密哦？这种事情如果被人知道了，会对藤白的内部评价造成影响的。”

她好像还防备着毕咪，又对它带有一点内疚之感，那副样子真是挺有意思的。

“在下的工作真的完全不涉及任何与内部评价有关的内容

溜咿。你可以放心的溜咿。”

“唉，果然就是这样吧？啊，这么说的话，那边有给花浇水用的水龙头，干脆你就直接喝那个补充水分算了吧？”

她说着就一把拿走了给毕咪准备的红茶，冷酷地指着旁边的水管。

“真，真是屈辱溜咿……”

这么说着的毕咪，竟然就听话地跑到水龙头那里张开嘴喝起水来，看起来它好像完全没有自尊心这种东西。

小乙音明明就很普通地给了我一杯红茶喝，但面对毕咪的时候好像还是有点怕生。难道说，这是她其实已经习惯了我的证据吗？

虽然不知道为什么会这么快，但是如果是真的，我倒是很开心。

她已经说过，自己总是一个人在这里，说不定她其实也很需要朋友的陪伴吧。

我们被美丽的花朵包围着，度过了一段沉静的时光。

在这个静谧的空间里，唯一回荡着的声音是——

“咕嘟咕嘟……唔噗啊！咕嘟咕嘟……唔噗啊！有没有人来帮忙关一下水龙头溜咿！怎么喝也喝不完溜咿！”

毕咪一直在水龙头那里持续喝水。

“你只要先停下别喝了，就可以自己去把水龙头关上了啊，老师你是已经变成笨蛋了吗？”

小乙音相当严厉又好像很为毕咪着想似的给出了正确的答案，毕咪听得脸都红了，按照她所说的拧上了水龙头。

明明是安静的空间，却因为毕咪的行为差点就要被破坏殆尽了。

“再也喝不下了溜咿……”

喝了满满一肚子水撑得肚子都鼓起来的毕咪，嘴里嘀咕着像是喝醉了酒的上班族经常会说的酩酊醉话躺在了一边。

“毕咪……你喝水就喝醉了吗？”

“不是。在下……好像是被这个气氛迷醉了溜咿。”

毕咪的一句话，让这个空间真正陷入了安静之中。是那种让人感觉很冷的寂静……从这个意义上来说，这和之前期望的安静也太大相径庭了吧？

不过，小乙音的紧张感倒是好像已经变得很淡薄了，这倒很不错。

如果毕咪本来就是为了这个目的才说那些话，倒也算得上是干得漂亮，不过它多半是什么目的也没有随便说说的吧……

难得可以像现在这样和小乙音聊天，所以我就直接提出了一直很在意、想直接当面问她的问题。

“小乙音，你明明有在新人战里夺冠的实力，为什么会没有隶属部门呢？是没有人找你吗？”

我也知道自己其实不适合那种顾及别人的感受，绕很大圈子的提问方式，所以我就毫不迂回使用了最直接的问法。

“……”

而小乙音回答我的，就只有沉默而已。

不过，我也知道她绝对不是故意无视我的问题。

她好像是在推测我会提出这个问题的真正原因，双眼毫不掩饰地直视着我。

我突然明白了——

“啊，我也一样是没有隶属部门的，虽然曾经临时加入过回家部，但是后来也不行了。”

不是只问对方的情况，也要先讲一下自己的情况。所以我准备说完自己的，再重新问一次刚才的问题。

整个过程中我们不断相视而笑，相视而笑，相视而笑（倒是没有流眼泪啦）……等到把前前后后的事情大概都说完了之后，已经用了不少的时间了。

“那么后来怎么样了？”

——我们时不时会一起笑出声，有时候对事情的发展起了好奇心，小乙音还会这样催我继续讲下去。我还注意到，小乙音的表情都变得相当柔和了。

不过即使如此，她好像还是在烦恼，不知道应该怎么说自己的事情吧。

小乙音缓缓地帮我又倒了一杯红茶，静静地开了口。

“藤白之所以没有隶属部门……那当然是因为没有一个部门，有让藤白加入的价值啦。”

“加入的价值？”

小乙音若无其事地说着自己的理由，总觉得看起来有点寂寞。可是，说完之后她自己却又摇了摇头。

“不，其实对于部门来说，没有任何价值的，可能反而是藤白吧。不管到哪个部门去见习，藤白都会因为紧张而暴露自己怕生的一面……所以理所当然的，到最后也没能顺利加入任何部门。”

就像在自嘲一样，小乙音垮着肩膀低声说着。

本来还想要逞强到底，却没有坚持到最后。

小乙音好像一点一点地对我放下了戒心，脸上的表情也不经意间就放松了下来。

“能在新人战中获得冠军，也是因为发生了各种偶然和意外……因为藤白是一个人，又是没有隶属部门的，所以大家都觉得藤白大概不是很强，别人对藤白的防范也没有那么多吧。”

“胜利可不是仅凭运气就能得到的溜咿。这一点你应该更有自信才对溜咿！”

我觉得毕咪说得对。

我也和明日同学打过，虽然只是练习赛，但确实完全一筹莫展。我们之间力量的差距显而易见。

可是，因为没有隶属部门，因为是一个人所以应该更强这种想法，我觉得实在是让人有点替她难过了。

我一想起自己和演剧部的同伴们，尤其是和放学后SIX的同伴们一起度过的那些时间，就更是这么觉得。

“小乙音，你要不要加入我新成立的部门？要不要成为和我……一起成为创建部门的元老呢？”

然后我才反应过来，原来自己已经说出口了。

毕咪先是露出了有些震惊的表情，接着又很欣慰地看着我们微微笑了起来。

“新成立的，部门？”

小乙音露出了不可思议的表情，低声重复着我的话。

只是凭着这点反应，我就看出她这是在疑惑，毕竟她所能了解到的与我的部门有关的信息实在太少了。

“啊，简单来说，就是找来很多可爱的女生让我能看着她们尖叫的部门啦！”

“藤白不加入！”

马上就被拒绝了，还是以相当猛烈的气势。

小乙音好像是觉得之前竟然还犹豫过的自己让人羞耻，眼睛里还渗出了泪花。

“咦？明明只有可爱的女孩子才能加入啊？”

“‘明明’？藤白都不知道你这个明明是什么意思啊！”

小乙音一边说，一边就慌忙从椅子上站起来，紧接着就手脚利落地把茶具套装收了起来。

“你，你能问藤白要不要参加，藤白很高兴。Thank you。可是，藤白也有……也有自己非常想要做的部门活动。所以，藤白不想加入你那个一定会对内部评价分数有不好的影响的部门！”

那句英语的口音还是那么地道，不过她说完这番话就像要逃跑一样快步离开了。

虽然很遗憾，但是追上去勉强她加入，这种事情也完全不在我的考虑范围之内。

“想做的部门活动，吗……对了，毕咪。我真正想做的事情，到底是什么来着？”

“先创建部门，然后再决定具体的发展方向，这种情况也是有的溜咿。御神乐学园对部门活动的要求，并没有那么严格溜咿。”

明明连想要做什么都没有决定，真的会有那么奇怪的学生竟然愿意加入我的部门吗？我有些不安了。

而且还限定是美少女……

前途简直已经布满了乌云，处在随时会发出大雨洪水预警也不奇怪的状态。

“虽然因为新人战的采访和新闻部的号外，小乙音肯定被大家误解了……但是她其实是个好孩子对吧？”

听了我的这个问题，水喝得太多的毕咪盯着自己鼓起来的肚子看了一会儿。

“在下觉得如果她不怕生，与人相处习惯了之后倒应该是个好孩子溜咿……”

感觉它做出这个回答的时候，心情应该还是挺低落的。

第二乐章 让小绘留奈飘飘然部

新人战已经全部结束，从第二天起，日常的课程又重新开始了。

之前那种过节般的气氛不知道去了哪里，至少在感觉上，生活已经完全回到了正轨。

即使在校园里四处张望，那些路边摊也早就已经收拾起来，没有留下任何痕迹。新人战的经历就好像是一个错觉般的漫长梦境。

比赛成绩似乎也没对任何人造成什么影响，感觉大家都平静地回归了日常学校生活。

话虽如此，新闻部撰写的有关今年新人战大汇总的文章，却已经成为了新生和前辈们的话题中心。部门活动之中，也能看到前辈们一边看着相关文章，一边称赞着后辈们在比赛中的优异表现。

这情景让我感受到，有部门活动真的很好。

“对了！不然今天就去一趟演剧部，让他们夸夸我吧！”

“你，你突然间说什么呢……”

在我旁边飘飘忽忽地浮在半空中的毕咪，一脸不明所以的表情。

“你看嘛，毕竟我也很努力了不是吗？而且我是那种越夸奖就越膨胀的类型，所以希望有人来夸奖我啊！这样的话，被夸奖之后，顺便再让喵美林前辈或者熊野小姐前辈抱抱我也没关系吧！”

“竟然自己堂堂正正地说自己想要被夸奖……果然不愧是绘留奈溜咿……”

“嘿嘿！再多夸奖我一些！”

“不，在下并没有在夸奖你！”

就这样，在我们像平常一样交谈着的时候，远处传来一个很熟悉的声音。

“一宫同学，早上好！”

是在新人战的第一场比赛中，和我战斗过的小花袋。即使如此，她还是像平常一样开朗地跟我打着招呼，一边挥着手，一边向我们这边小跑过来。

因为她这样的态度，我的心情也变得高兴起来。

“早上好！啊，小花袋你也买了报纸啊。”

“啊，是的！嘿嘿……其实是因为上面也稍微提到了我，所以有点开心。”

这份报纸上有个介绍各部门值得期待的选手的板块，上面刊登了一张小花袋的照片，虽说尺寸相当小……

照片旁边还写着“书道部备受瞩目的一年级生。虽然初战战败，仍然具有将来发展的可能性”。

果然，因为小花袋之前的努力，她的水平也理所当然地得到了承认，想必这是相当值得高兴的事情吧。

她那副明明非常害羞，还是把报道递过来给我看的样子，让我不假思索地就想抱住她！话说回来，抱一抱也没关系吧？

不过，虽然我留下了前八名的成绩，有关我的部分也完全没能在报道中占据多么重要的位置。

这么看来，果然还是因为没有隶属部门却获得了冠军的小乙音存在感过于有冲击性，完全抵消了其他人吧。

虽然这也是无可奈何的，不过我还是有点不甘心。

而且，我原本想要通过新人战取得大众的关注，并在这个基础上召集新部门的成员。从这个角度来考虑的话，这次比赛的结果对我来说，基本也可以确定就是失败了。

阴云密布的部员召集之路上又飘过了一缕不安。

可是，可是啊！我是不会陷入低潮的！肯定会有办法的！

虽然我经常会被人说过于乐天派，不过心情转换的速度之快也是我的长处嘛。

今后的发展之路上，一定不会再遇到更多的麻烦了。

先想一想要怎么召集部员好了！

我再一次，下定了决心。

*

下课之后，我一个人在屋顶上烦恼着要召集部员的话我能做到哪些事，毕咪突然一脸阴沉、灰扑扑地飞过来了。

“你，你怎么了，毕咪？本来你的脸就长得够微妙的了，现在可是变得更过分了啊！都已经算得上是不能在电视上播放的程度了！”

“你说什么呢溜咿！而且在下只是露出了稍微有些困扰的表情，你就说在下需要打马赛克，这也太过分了吧？”

原来那个表情是困扰的表情吗？我这么想着，对它在困扰着的内容产生了一点好奇。

这么一来我倒是想起来，中午的时候毕咪确实曾经说过：“召集到部员之后马上就要创建新部门了，放学之后在下去给你打听一下，看看提交创建申请的事吧溜咿！就交给在下吧溜咿！不会有什么不顺利的溜咿！”

“莫非，毕咪之所以露出这副不能播放的表情是因为……”

“就别再提什么不能播放了！没错，其实就是有关于绘留奈要创建的新部门的事情……”

经过仔细询问我才知道，原来毕咪是按照我所说的内容去提交创建申请，却被狠狠地批评了一通。

在那之后，毕咪还想要解释，却又被批评了一番：“总之，聚集可爱的女孩子并宠爱她们的部门活动，即使是在自由的御神乐学园里也是不被允许的。你自己的外形都已经这样了，就别再开其他的玩笑了。”

毕咪之前明明说过的，御神乐学园对部门活动的要求并没有那么严格啊！

“在下的外形原来是一个玩笑吗溜咿……”

明明它已经是个大人，而且再怎么说也算是个老师，却因为被长时间批评打击而变得无精打采。

“真是的！事到如今还为这种事情纠结也没什么用啊！而且毕咪长得微妙，这也是没有办法的事情嘛！”

“绘留奈！你这话根本安慰不到在下啊溜咿！甚至还让在下心头的伤痛更加深了呢溜咿！”

“所以啦！总之与其烦恼自己的外形，还是部门创立的问题比较重要吧，还是得想出一个对策啊！可是到底应该怎么做才好呢？”

虽然并不知道毕咪为什么好像受到了很严重的打击，我还是一脸严肃认真地把话题继续了下去。

“果然，还是应该先把部门的主旨决定下来，不然可能是不行的吧溜咿。”

“主旨啊……”

*

虽然我也在考虑新部门的主旨应该是什么，但是只有我们两个好像也想不到什么好主意，所以我就想，或许还是去借助一下朋友们的智慧比较好。

不过，我还有一层没说出来的想法，就是还想找人夸奖一下我在新人战中取得的成绩。

“我是大家的偶像小绘留奈哦！快夸我快夸我！”

演剧部的活动室，我已经熟得好像自己的房间一样，完全出入自由。

“哦，绘留奈同学，欢迎回来呢！”

就像平常一样，是兔丸来迎接我的。看起来，他好像已经完全从新人战的打击中重新站了起来，我也就放下了心。

不过，他竟然对我说的“快夸我快夸我”完全没有反应，这倒是让我有点在意。

大家现在对我的态度，是不是都变得有点敷衍了呢？

“你好啊，绘留奈同学。”

“那么就先休息一下呢！”

“说得也是。”

看起来，兔丸和豚困刚才好像是在做练习。通过新人战，他们两个人的关系看起来也比之前更好了。

“嘿嘿！下一次我可不会输了呢！”

“这个嘛，我也不会输给兔丸的。”

“你能说这种话的时间，也没有多少了呢！只能是在我的超级古怪闪耀无双还没开花结果之前而已呢！”

“你这种命名方式，现在连小学生都不愿意用了。”

“为，为什么呢？明明超帅气的呢！”

他们两个一边进行着这种和平常一样的对话，一边好像就已经迅速地进入要开打下一场的状态中了。看起来我也不能再放松自己了，这个发现让我有点焦躁。

“那么，你今天来是有什么事吗？”

“啊，对了。实际上，我是想来借助一下大家的智慧——”

我把情况说明了一下，也把还在活动室里的喵美林前辈和熊野小姐前辈都叫了过来，准备和演剧部的成员们一起讨论一下有没有什么好主意。

“总之呢，我最希望的，就是能让美少女们自然而然地聚集在一起，大家一起叽叽喳喳嘻嘻哈哈的就很好了吧？”

“我先说我先说！就叫青春部怎么样呢？每天都对着晚霞高声喊叫呢！”

“你说的那种部门活动，我觉得不会有任何人要加入的。”

面对举手发言的兔丸，豚困冷淡地吐了一个槽。看来随着他们关系越来越好，豚困的吐槽也越来越不留情面了。

“才，才没有那种事呢！在，在下就要加入呢！”

“我之前已经说过，只有美少女才能加入了吧？”

对着挤出了一点眼泪的兔丸，我又开口补了一刀。

“唔……那，那样的话……即使要穿上女装……呜呜，可是要穿女装的话，绝对是赤间前辈比较合适呢……”

强词夺理不成功，兔丸自言自语地嘀咕着，自顾自地垂头丧气起来。

“嗯……那么，服装部之类部门的怎么样呢？演剧部的服装差不多也想要换一批新的了。”

喵美林前辈用她一直以来那种慵懒的声音提出了建议。

“虽然会缝纫的女孩子确实挺可爱的，但我曾经差点用缝纫机缝了自己的手，所以不行！”

“而且这里面还暗藏着危机……女性部员的演出服，很可能因为绘留奈个人的兴趣而变得过于暴露溜咿……”

“啊，还有这一招啊！挺好的啊！就建立服装部好了！”

“那，那正是青春的极致！”

刚才还一直垂头丧气的兔丸，突然就红着脸猛地站了起来，然后就流着鼻血又倒下了。

“熊，熊野小姐绝不会暴露的，熊野小姐的肌肤只能给将来的命中之人看的啦！”

不知道为什么，熊野小姐前辈也红着脸拒绝起来。

“如果想表现出熊的气质，其实穿着衣服反而会妨碍你的表演吧。”

“咦？豚，豚困你太坏了！我，我知道了，脱了，脱了就像熊了对吧！”

熊野小姐前辈一边红了眼圈，一边开始脱自己的衣服了。

“哦！”

“太，太青春了呢！”

我不假思索地冲了上去挡住这片春光。而兔丸好不容易才止住的鼻血又一次流了出来，然后便再一次倒下了。

“好了好了，到此为止吧。”

喵美林前辈制止了哭着要脱掉校服的熊野小姐前辈，摸了摸她的头。

熊野小姐前辈和喵美林前辈有身高差，正好就构成了熊野小姐前辈把头埋在喵美林前辈胸前的姿势，真是让人羡慕。

东拉西扯中，时间就这样过去了，大家也想出了各种各样的主意。

虽然想法有很多，却只有豚困提出的一个以音乐为主题的提议吸引了我的注意力。

“毕竟，女孩子拿着乐器的样子，本身就相当可爱了不是吗？特别是那些娇小的女孩子，背着与身材完全不搭配的巨大乐器走在路上，怎么看都最棒了，对吧？”

我热情地展开了评论。特别是挎着很大的贝斯的女生，我觉得非常棒。

“这么说的话，绘留奈同学会什么乐器呢？”

“不会。”

“咦？什么也不会吗？”

“嗯。”

我自己是觉得那也无所谓吧？所以毫无顾忌地点了点头。

兔丸一脸的难以置信，直接朝我逼近过来。

“可是绘留奈同学，你要创建部门的话，那基本上就一定是部长了吧？明明是部长，却只是个初学者吗？”

“没关系的！总会有办法的！只要是感兴趣的东西，我学起来可是相当快呢！吸水能力堪比海绵哦！”

我这么一说，兔丸就转头看豚困。而豚困脸上的表情就好像在说“那是绘留奈啊，没办法”，然后还笑了出来。

虽然他的表情让我有一点生气，不过却完全不觉得讨厌。

“好！既然已经决定了，就先去看一下类似的部门都在进行什么活动吧！毕咪，我们走吧？”

“咦？你，你是说现在就要走吗？没提前预约过的话，别人肯定要生气的啦……”

“没关系！总会有办法的！”

我没去理会为我担心的熊野小姐前辈，一边轻松地说着，一边风风火火地离开了演剧部的活动室。

*

现在在我面前的，是轻音乐部活动室的大门。

说起来，之前我也曾经来这里见习过——

“本人就是主音！募集除主音之外的全部乐队成员！我们将以职业乐队为目标，限定美少女参加！强推组合内恋爱！”

记得那时候，在做出这番宣言之后，我就被赶出去了……嗯，这次我要把姿态摆得低一些才对。

不知道是不是我的低姿态产生了效果，至少这次终于让我摸到了吉他。

人生中第一次把电吉他背在了肩膀上……

电吉他比我想象中的还更重一些，让人很是紧张。前辈还教了我一个用两根手指按住就能弹的和弦，还对我说，总之只要手指维持着这个姿势就行，可以配合节奏试着弹一弹。

轻音乐的前辈一边说着“不要弹得太随意”，一边把功放的音量调大，扩音机里便传出了好像噪音一样的声音。感觉上我好像已经变成了有名的摇滚歌星，说不定我真的很适合弹奏乐器呢。

我使了一个眼色，表示OK了，鼓手前辈轻轻吸了一口气，开始数拍子。

一，二，一二三四！

锵！

扩音器里传来爆音，架子鼓的震动让我的身体都颤抖起来。

好厉害！感觉真好！

我浑然忘我地弹响了吉他，结果周围成员们的节奏却在我的吉他声中变得越来越奇怪了。

怎么回事？你们这种水平可不能做我的背景乐队啊！

“快停下！”

“咦？”

难得我弹得这么开心，结果才弹到一半就被轻音乐部的前辈打断了。

我不明所以地环顾了一下周围，就看到轻音乐部的成员们全都愁眉苦脸的。

其中有一个女孩——她是担当键盘手位置的——走过来，充满歉意地对我说：

“绘留奈同学……你的节奏感……可能有点……不，应该是相当的……不好……对吧？”

她大概是想婉转一些表达这个意思，结果反而在我心灵上造成了深深的伤害。我看了看毕咪，它也一脸劝我放弃的表情，摇了摇头。

“啊哈哈……真是不好意思了！”

我把电吉他还给了前辈，匆匆地离开了活动室。

“哇！”

从轻音乐部的活动室里一出来，就有个最近才见过的人出现在我的面前。

“啊！藤，藤白没……没有偷看里面的情况！”

是藤白乙音。

“咦？小乙音你也——”

“那那那，那就Bye了！”

就在我想要跟她说话的瞬间，小乙音简直就像逃跑一样匆匆地跑掉了。

我和毕咪交换了一个眼神。

“她刚才在这里做什么呢？”

“溜咿？”

这倒是更让我觉得，小乙音果然是个不可思议的女孩。不过，我还是希望能和她成为好朋友。

*

就在我犹豫接下来是应该再回演剧部呢，还是应该在学校里到处走一走的时候，就又看到了一个熟悉的背影。

“喂！赤间同学！”

“啊，哦！是小一宫啊！”

可能是因为我从背后突然跟他打招呼吧，他好像吓了一跳。

而且不知道为什么，今天的赤间同学总给我一种和平常不一样的感觉，有些扭扭捏捏、不干不脆的。

到底是发生了什么呢？肚子疼吗？

“你怎么了？”

“啊，那个……”

“嗯？”

赤间同学就像个萌系角色一样，一会儿想要说什么一会儿又说不出口似的，把欲言又止的动作重复了好几次之后，终于像下定了决心一样开了口：

“我，我听说新人战之后，明日好像一直都没什么精神的样子……不知道有没有办法能让他打起精神来呢？”

赤间同学也许是不好意思了，又或者是不知道应该怎么表达才好，他的那副神情，让我禁不住心跳都加快了几下。

真不错啊！虽然他平常傲娇的样子也不错，但是这种未成熟的感觉也很萌啊！

“你看嘛，小一宫你只有精力特别充沛这一点能算是优点了！或者说，除了精力充沛之外根本什么都没有吧？”

他为了掩饰自己的害羞继续解释道。

这个我倒是有点不赞同，不过我是成熟的大人，就当作没听到吧！嗯，我真不愧是个成熟的女性！

不过——

“确实，比赛之后他就一直无精打采的。”

“是吗……”

“打起精神的方法吗……嗯……”

我抱着肩膀拼命地思考着。

我自己是那种很快就能转换心情的类型，老实说，一个人失落的时候做什么才能让他开心，这种事我以前好像从来都没有考虑过。

即便如此，我一开始思考要怎么做才能看到明日同学的笑容，就马上得出了结论。

“这样的话，我们就来开一个慰问会吧！”

“慰问会？”

“嗯，该怎么说呢，不是那种静悄悄的，而是热闹的聚会！”

要去考虑这么做会不会反而让明日同学更失落，那就太麻烦了。我认为大家一起热热闹闹的肯定会更开心，所以我觉得明日同学一定也会感到开心的。

“对哦……”

“嗯！交给我吧！那我现在马上就去叫人！”

“咦？小，小一宫！你想现在马上就开始吗？”

“好事要趁早嘛，赤间同学你就回房间里去等着吧！”

“啊，喂！”

赤间同学好像又说了什么，我却根本没听就跑远了。

而且，我本来也有一样的想法，如果我能为明日同学做点事的话，那肯定是要尽全力去做好的。

*

如此这般，最后来到集合场地的人员除了今天的主宾明日同学之外，还有小冰见和小花袋，另外我还找来了时雨。

小冰见和小花袋是我亲自去书道部的活动室找来的，至于时雨，我就只用终端发了个信息，根本都没告诉他是什么事情就把他给叫来了。

即使如此，他也像忠犬一样一句抱怨也没有就赶了过来，甚至还带了做好的菜。

“能被小绘留奈叫出来真是幸福啊！正好我做了菜想要给你吃，就直接带来了！”

不过看到时雨这热络的样子，赤间同学好像很扫兴。

“真是的！太让人难为情了，你别再说了！啊，不过有菜吃倒是正好。赤间同学，可以借用一下你的厨房吗？”

“倒是可以……话说回来，你难不成真的打算就在这里办聚会吗？”

没错，聚会的场地也顺理成章地使用了赤间同学的房间。

虽然赤间同学面带不满地问了好几次“真的不能换成别的场地吗”，但考虑到面积之类的问题，也找不到比他的房间更合适的地方了。

“真是……非常感谢大家！”

明日同学战战兢兢地低头行礼，不过看起来也是很高兴的。

既然明日同学是这样的反应，本来还有些不满的赤间同学也只能无奈地接受了。

“可是，这个房间有点煞风景呢。好！小冰见！小花袋！正好时雨也要准备食物，我们来把房间装饰一下吧！”

“啊，你不要擅自做些多余的事情……”

“没问题的啦！好！那么小花袋，我们就一起从那边开始装饰吧！”

“好的！冰见前辈！”

“喂！”

小花袋和小冰见都是一副干劲十足的样子。而且不知道为什么，连明日同学都帮忙装饰起来。这么一来，赤间同学连不满的情绪都发泄不出来了。

倒是明日同学还穿上了一件自己带来的围裙，他手上的动作也相当灵活，快速麻利地做着装饰品，房间就这样一点一点地装扮起来了。

“唔……明日同学，虽然我早知道你比一宫同学更像女孩子，没想到竟然连我都输给你了……”

看着明日同学手上麻利的动作，小花袋一脸“是自己输了”的表情。

嗯，也就是说，她刚才毫不掩饰地说我没有女人味对吧？虽然实际上可能和她说的一样，我无法反驳！

就在我恶狠狠地盯着说出这种话的小花袋时，一旁的小冰见插嘴道：

“没关系的啦，女人味这方面，冰见也是输给他的啊。”

小冰见挺起胸膛“嘿嘿”地笑着。

小花袋看看她的胸前，然后又低头看了看自己的胸前，沉默了一会儿后——

“冰见前辈是不会明白的！”

她就突然一边哭着，一边加快速度做起了装饰。

咦？以前好像也发生过这样的事情吧？可是小花袋，这没什么的啦！即使小花袋只有这么小，我还是觉得真实的小花袋就已经足够了啊！

顺便一提——

“哇，好厉害！我也必须得加油了！”

把这一切都看在眼里的明日同学这么说着，埋头用更麻利的动作继续做装饰了。

在发生了这样的插曲之后，没用太长时间所有的准备就已经全部完成了。

“那么！恭喜可爱的小绘留奈和明日同学，在新人战中获得第八名和亚军的好成绩！”

“恭喜！”

时雨的这句话宣告聚会正式开始。

我们并没有直接提出“慰问会”这个说法，而是自然而然地让这次聚会变成了一种奖励，就算是慰劳大家各自在新人战中付出的努力吧。

“小花袋也很努力呢！了不起了不起呢！”

“谢谢你！不过，下一次我会更努力的！”

小花袋被小冰见摸着头，好像很不好意思地微笑着。这也让人太羡慕了！我也想要小冰见摸摸我的头啊！

“小绘留奈，我也来帮小绘留奈……摸摸头好不好？”

就在我羡慕地看着她们两个的时候，不知道为什么时雨也红着脸做出了这样的提议。

“……”

“咦？无视我吗？就连一个反应都不给我吗？可是冷淡的表情也很可爱！而且……”

时雨接着就说了一大堆让人恶心的话，我也没理他，转头看着明日同学。

明日同学在那边熟练又自然地给大家分配着菜品。每个碟子里的菜都分配得相当平均，而且每一碟菜都摆放得很整齐。

看着这些，要说他是在场所有人中最贤惠的一个，那自然是毫无争议的。

“呜！他明显比我们三个都更像女孩子啊！明日同学太恐怖了！”

“冰见希望他能把给我的青椒拿掉呢。”

在我们说话的过程中，时雨好像终于清醒过来了，他朝着明日同学所在的方向走去，一边说着“这种事情我来做就好，明日同学快坐下”，一边把明日同学带到了赤间同学的身边。

“怎，怎么好意思让前辈来分菜呢……”

“今天是新人战参赛者的聚会，主角是参加了新人战的你们几个，所以没关系的。”

明日同学还在推辞，不过时雨似乎也没管他说什么，就强制性把他按在了赤间同学旁边的位置上。

明日同学一时之间好像还是相当过意不去，过了好一会才开始和旁边的赤间同学聊起天来。

“那个……今天真是太谢谢前辈了！”

“啊……啊。”

明日同学在赤间同学身边坐下之后，赤间同学不知道为什么涨红了脸，看起来好像很紧张的样子。

“没能获得冠军，你大概很不甘心吧，不过毕竟也是很努力地争取过了吧？”

赤间同学话语生硬地安慰着明日同学。

“咦，小赤间，你耳朵全红了哦？”

“唔呵呵，真是纯真呢。”

赤间同学这副平常少见的模样，让人禁不住想逗逗他。

“闭，闭嘴啦！”

赤间同学通红着一张脸做出了抗议。

看着他这副样子，明日同学倒是很高兴，也就很诚恳地倾诉起了自己的心声。

“赤间前辈，谢谢你……”

“嗯？嗯……”

“我从在初中部的时候，就背负着很多人的期待，这让我非常开心，所以也希望能在力所能及的范围内，尽自己所能地加倍努力。”

明日同学的这番话，与其说是向别人倾诉，恐怕还更接近是自言自语吧。

“可是事实上，也是从那个时候开始，我的能力就完全没有再变强过了……之前也输给赤间前辈……以后肯定也会遇到更多比我强大的人。我也知道这是没办法的事情，不过也不可避免地给其他人添了不少麻烦……”

我本来想在这时插句话，却被时雨按住了肩膀。

“还是让他把话全都说完吧。”

他摇摇头示意我不要插嘴比较好，我也没再说什么。

“我呢，只是因为喜欢星星，所以才希望能一直看着星星。可是现在如果我还是这么做，就连自己都会产生一种错觉，好像自己是在逃避现实……我很担心会不会有一天，连最喜欢的星星都变得讨厌……而且，今天竟然为了如此不堪的我，把大家这样聚集在一起，我总觉得心中充满了愧疚……”

我不假思索地想要接一句“没有那回事，大家都很喜欢明日同学”，结果这一次阻止我的是赤间同学。

赤间同学也一脸严肃地开口对明日同学说：

“最后的那场决赛还有之前的比赛我都看了，毫无疑问，与跟我进行模拟战的时候相比，你的实力明显提高了。大家之所以对明日同学的评价高，也是因为大家都注意到你在幕后付出的努力不是吗？所以呢，怎么说……我觉得……你不要太在意比较好……”

虽然赤间同学的话说到一半就有点磕磕绊绊了，明日同学还是很感激他能说出这番话。

“我的比赛前辈全都看了吗？”

明日同学瞪大的双眼中闪着光辉，激动地握住了赤间同学的手。

他的感激之情溢于言表，简直就像要凑上去撒娇的小狗一样，看起来已经不满足于握住赤间同学的手，简直就想要扑上去给他一个拥抱了。

我可不想被你抱住啊！害羞地做出拒绝姿态的赤间同学顺势后退，结果一不小心就失去了平衡，最后就变成了看起来好像是明日同学把赤间同学压倒了的姿势。

“哦！明日同学好积极啊！真好真好！这种也很棒呢！”

“哎呀！小赤间脸比刚才还更红了呢！”

“哇！实，实在抱歉！我有点太激动了！”

“真是的，你们两个，这么捉弄人可不好啦。”

“如果小绘留奈也来扑倒我的话，我应该怎么反应才好？”

虽然里面混进去一个莫名其妙在妄想的人，但是在这样那样的玩闹中，聚会就这么热热闹闹地进行着。

在那之后又过了一会儿，再不收拾的话时间就太晚了。

“啊，快看。”

时雨招呼着大家，在已经变暗的窗外夜空中，已经可以看见傍晚的第一颗星星了。

“啊，那是大角星。它离处女座的角宿一很近，也被称为幸运之星呢。”

“咦？真不愧是明日同学！”

“好浪漫啊。”

“幸运之星，听起来真棒啊。”

大家耳中听着明日同学关于星星的说明，每个人都说出了自己最直观的感想。赤间同学点点头，接着说道：

“明日你自己可能没有发现，其实你一直都像这颗星星一样，持续发射着耀眼的光辉……至少，在我眼中是这样的。”

“唔……是！非常感谢！”

看起来，这一次赤间同学终于能够不再害羞，把自己想要表达的内容直接说了出来。

嗯，我很单纯地觉得，果然这样才是最棒的吧。

我甚至还想到，自己也要一点一点地努力，变成像赤间同学这样为后辈着想的前辈。

为了实现这个愿望，首先，必须要尽早创建自己的部门！

聚会也已经结束，我也要再次重整旗鼓了。

第三乐章 未确认宝藏

某天，教室里同时响起了嘘声和欢呼声。

“寻宝？那是什么？好像很有趣！因为打开宝箱的话，就能看到里面有你想要的东西啊！毕咪，怎么办啊？”

“希望你不要紧紧掐着在下的脖子发疯溜咿……宝箱什么的暂且不说，希望你也考虑一下，万一遇到危险死掉了要怎么办溜咿……唔！”

这个在课外教学中突然发起的活动，就是“御神乐学园大寻宝”。一张隐藏着宝藏所在地信息的地图，也发到了学生们的终端上。

当然，我肯定属于发出欢呼声的那类人。

据说这个活动的目的，是加深新生和高年级学生之间的交流，作为越野识途比赛中的一环，是学校每年都会举办的。按照胡桃老师的说明，为了保证活动的神秘性和惊喜性，就连新闻部也没有对此做出过任何报道，一年级学生里根本没人会提前知道这个活动。

而刚才发出了嘘声的，大概都是对体力方面没有自信，从本质上就完全属于文化系的学生。

“像一宫同学这样对运动神经有自信的学生当然无所谓了，哪像我们，即使用尽全力，最多也就跑个十米而已。让我们参加长时间的寻宝，最后估计就和散步的速度差不多吧？”

为什么要指名道姓地拿我做例子呢？我无法接受。不过，大家一定是都把我当成活泼好动的代表人物吧。

就在我如此正面地鼓励着自己的时候——

“为了避免让活动发展到只对某些体力猩猩极端有利的状况，有很多关卡是必须要动脑筋才能通过，笨蛋是无法通关的。为了不输给笨蛋，大家都努力挑战看看吧。”

胡桃老师眼睛眨也不眨地直接看着我，嘴里淡淡地吐出让我觉得刺耳的话语。

“虽然你没提名字，但是你说的就是我吧！我确实是不擅长解谜，不过这么让人热血沸腾的活动，不管你说什么，我都会以获得第一名为目标的！”

我算不上是头脑灵活的那类人，但是我的成绩也不差啊。虽然在看电视上播放的猜谜节目时，我给出的答案总是比那些头脑简单的笨蛋偶像们还离谱，我妈妈也跟我说过“以后我们就一起去找找看，有没有只靠体力就能做的工作吧”，但是一定没问题的。

不过那些发出嘘声的学生，好像真的接受了胡桃老师的这番补充说明，纷纷欢欣鼓舞认真地看起地图来。

我把地图放大仔仔细细地看了起来，事前准备对这类活动来说可是很重要的。

“那个，这一片……是学校里那片很大的森林吗？”

“没错溜咿。虽然平常这片区域也不算是禁止进入的，但是因为里面什么都没有，所以基本也没人会进去溜咿。”

也就是说，地利方面的条件对于所有的学生来说是公平的。既然大家的起点都一样，我也更有干劲了。

“能得到宝藏的只有第一个抵达最终地点的人。只有兼备了智慧、勇气以及友情的勇者，才能得到那份宝藏。”

胡桃老师浑身散发着怨念，只是为了履行教师的责任，才勉为其难地拿着手册，毫无感情地念着上面的台词。

不知道是不是发现我在观察她，胡桃老师不但突然停下不读，还默默地把本子朝我的方向递了过来。

“咦？我吗？”

胡桃老师频频点头，把本子塞给我，然后便让我直接站上了讲台。

“从这里继续。”

这个老师怎么回事，工作干到一半就放弃了？而且还要我替她把后面的部分读完!

“咳咳!呃!只有兼备了智慧与勇气以及友情的勇者,才能得到那份宝藏!可是,可是啊——!”

“你还真是兴致勃勃呢溜咿……”

被表扬了呢,我悄悄瞥了胡桃老师一眼,就看到她自顾自地在打哈欠,而且还用手飞快地做着画圈的动作,催我快点快点读完,不断地给我施加着压力。

这算是什么老师啊?明明在对待我的女神时那么温柔!

啊,这就是所谓的差别对待吧?按照传闻来说,这就是“孩子还是作家的好”心理吗?

“那不叫差别,应该叫区别……话说作家什么的是什么意思?呃,难道你是想说‘孩子还是自家的好’吗……然后竟然还说错了吗溜咿?就算是那样,使用的方法也不对啊溜咿!实在是双重的痛苦啊溜咿!”

“因为这么说比较可爱啊,有什么不好?我就是自成一派,不行吗?”

就在我们的对话主题越跑越偏的时候,胡桃老师手上画圈的动作也越来越快了,甚至还能听到她咋舌的声音。

老师可以对学生这种态度吗?

“这一点点挫折对我不会有任何影响的!嗯,就算没能得到宝物，只要抵达终点的时间较早，也能得到绩点数作为奖品！呀哈哈哈！”

“希望你不要一边念，一边加入自己的反应溜咿。”

“才不是哦！台词上就这么写着的啊，你看嘛！”

“真的啊……上面真的写着‘呀哈哈哈’呢溜咿……而且，还标注着‘要充满激情地念’的注释呢……所以胡桃老师才想把这个工作交给绘留奈来做啊溜咿。”

我本来还以为在这所学校里当老师，总能相当开心呢，结果其实也挺不容易的啊。

“所有新生都要参加！本次活动的工作人员，是由高年级学生自愿担当的，这也是和你喜欢的那位前辈拉近距离的大好机会哦！话说……我已经开始觉得有点累了，能不能把读剧本的工作再交还给老师啊……”

虽然我含着眼泪恳求，胡桃老师却连眼神都没向我所在的方向转一次。而且所有同学都没听我念，全都各自热烈讨论着，注意力集中在猜测这是一个什么样的游戏上，这更加剧了我的悲惨。

像在地狱中煎熬一样的时间又持续了一会儿，等到终于全部读完了，只有小花袋慰劳我的辛苦，给我递上了一盒饮料。

“一宫同学，你打了一场胜仗呢！从念到一半开始，就已经融入了剧本之中，时而化身为勇者与魔王战斗，时而化身成公主被救脱险，真是相当精彩呢！”

“别说了……我一点都不想回忆起来……”

“那句台词简直让我的心灵都产生了震撼！是什么来着？‘真正的宝藏……就在你们自己的身体中沉睡着’，对吧？”

“拜托，杀了我……我不会抵抗的，快点杀了我……”

虽然小花袋完全是真心实意地夸我，却让我心口的伤更痛。

我恨你，胡桃老师……

我甚至还怨恨起了兔丸，如果他和我在同一个班级，至少我还可以把剧本扔给他。

如果是兔丸的话，一定会兴致勃勃地演得很开心的。甚至可能还会随意穿插即兴表演，编排出一段青春炸裂的故事情节。

就在我想着这些内容的时候——

“真正的宝藏……呵呵，就在你们自己的身体中沉睡着呢！唔哦！呀哈！”

远处，好像真的传来了兔丸的叫声。

我不禁怀疑起自己的耳朵，可是看看毕咪，它也点着头，一脸“就是他”的表情，所以这应该是现实而不是幻觉。

“兔丸……在自己的班级里，和我一样被分配了这个工作啊……而且就像我猜想的一样，超开心的……”

“这种校园生活……他自己能觉得幸福就好溜咿……”

紧接着就听到那个班级的同学都在兔丸的带领下发出了欢呼，我简直要嫌弃自己了，都怪我的情绪还不够高，演技还不够强。

这种败北的感觉到底是怎么回事……

*

在胡桃老师的带领之下，我们终于来到了寻宝活动的起点。

已经有很多一年级学生聚集在这里，看起来是在等待开始的信号。

“天空晴朗！活动贴心！绝对安静！唔，真让人期待呢！”

“最后一项不搭调吧？虽然你只是把字数一样的词汇排在一起，但是绝对安静的话不会睡着吗？”

看到我之后，兔丸就一蹦一蹦连跑带跳地凑了过来。

“虽然兔丸现在看起来好像挺有干劲的，但是他刚才还偷偷问我‘你用鼻子能找到藏宝的地方吗’。”

豚困面无表情地跟我告着密。

“我们不是约好了不告诉别人的吗？演剧部里还有一个一年级学生，被分配的是乌龟的角色，至少我绝对不能输给他呢！

因为不想再现兔子和乌龟的那个童话故事呢！”

“兔子和乌龟的童话故事是什么内容来着？是兔子的女朋友被乌龟抢走，为了报复就投身为鬼岛弟子的故事对吗？”

“哪有那种童话故事？内容也太恐怖了吧？小孩子要是听了那种童话故事，是会造成心理创伤的呢！”

咦，我不是开玩笑也不是别的意思，在我的记忆里，小时候时雨确实给我讲过这样内容的童话故事啊。

“等会，时雨？啊……”

我马上就全想明白了，迅速冷静地和想要打听故事详细内容的兔丸保持了一段距离。

“你还是趁早出发吧。兔子和乌龟，这次赌上的，是真正童话故事的内容哦。”

豚困制止了还想继续纠缠的兔丸，一边说，一边笑着看我，看来他是在为我着想。

可是这种温柔，反而让我很痛苦，很痛苦哦！

接下来的时间，我在起点附近走来走去观察了一下，一年级学生都好像各怀心事似的在等待着开始时间的到来。

这里既有同班同学组成的固定小团体，也有身在同一个部门的一年级学生聚成一伙的情况。

当然，因为寻宝归根结底可以说是个人比赛，所以也有相当多的人是独自一人在研究着终端上的地图。其中，那些在新人战中表现优异、获得过很多投票的学生，周围都有不少人也在观察着他们，或许是要掌握最有力的竞争者的动向。

“那是广播部的远石遥架溜咿。那个队伍……难道说，他们是在排队求签名吗？”

“只有那个区域好像在举办偶像活动一样，这没问题吗？怎么连刚才还吵吵闹闹的兔丸都排进去了，真的没问题吗……”

“希望你能写上‘给兔丸同学’呢！”

一轮到兔丸，他就热情地摆出了请求的姿势大喊着。

“在你身旁的朋友……是猪先生吗？猪先生要不要我的签名呢？”

小遥架脸上完全没有一丝一毫不高兴的神色，笑着答应了他的请求，就连跟在兔丸身边的豚困，也被她用很亲切的语气招呼着。

“难得有这个机会那我也要吧。我的本名是……”

就在豚困想要小遥架在签名板上写本名，马上就要把名字说出来的时候，高昂雄壮的喇叭声突然响了起来。

和小遥架在一起的广播部同学们，也像真正偶像活动的工作人员一样，趁着这个时机打断了这场签名会。

“这娴熟的做派，好像他们平常就经常打断偶像的签名会一样呢……豚困，下次再让她给你签就好了呢！”

兔丸好像误以为豚困是因为没能拿到签名才表现得有些沮丧，在豚困的后背上啪啪地拍了几下。

“签名我本来就不在意所以倒是无所谓。只是我这次又没能说出自己的本名……”

豚困脸上还戴着口罩，所以也看不出现在是什么样的表情，但总觉得应该还挺失望的吧。

我想，总有一天，我应该可以亲耳听到豚困的本名吧。

不过，恐怕直到毕业为止，他的本名都会一直是一个谜团……是不是只有我有这种感觉呢？

喇叭声慢慢转换成了背景音，能让人预感到活动即将开始的壮丽音乐渐渐在起点附近回响起来。

那是一首非常适合寻宝游戏的具有幻想风格的曲子，让人能感觉到自己的期待感在曲子的刺激下澎湃起来。

“那么，再看一次终端上的地图……这与其说是地图，不如说只是大概标记了一下关卡位置的示意图，距离感什么的也完全没有表现出来。”

我拿出终端点开地图，这张地图与普通的学校地图不同，没有显示出终端持有人此时所在的位置。

看起来，这场游戏的胜负恐怕将完全取决于个人的感觉了。

“也只能走进去自己亲眼看看了溜咿。”

看起来，在没找到提示的前提下，毕咪可能也不知道这次寻宝游戏的详细情况，因此它和我在一起也不会造成任何偏袒，这会儿也能像平常一样跟着我。

音乐好像没有要停止的意思，反倒是有愈演愈烈的趋势。

就在我好奇游戏开始的信号到底会以什么样的形式给出的时候——

“诸位勇敢的一年级学生，欢迎参加大寻宝活动！对于能够突破重重关卡，第一个抵达宝藏所在地点的同学……”

如雾似幻的语音突然伴随着音乐响起。而这时候登场的人，理所当然的就是时雨。

“怎么主持人又是时雨啊？这种活动难道都是他负责的吗？难道在时雨毕业之前，所有大型活动他都要出场吗？”

简直就像是顺理成章似的，身为我表哥兼漫画研究会代表的二宫时雨再次作为主持人出场。

他可能看到了我，朝着我的方向抛了一个几乎能听到呼扇一声的媚眼。

比起过于公私不分，每次都没有轮换地让时雨当主持人这一点，反而更让我对御神乐学园里人才的缺乏产生了不安……

正是这种工作，不是才更应该让广播部派人来做吗？

本来我最初出现在大众视线中时，是一个没有隶属部门，又在对抗战中战胜过小冰见的新生。结果最近总感觉自己好像在学校里变得有名起来，其实是因为二宫时雨最喜欢的表妹的身份。

“不高兴，非常不高兴啊……”

不知道是不是察觉到了我的想法，时雨一边做着所有人都认为过于浮夸的动作，一边开始了活动规则的说明。

看着他这样的动作还能欢呼雀跃的，也就只有漫画研究会的一年级学生了吧。

在漫画研究会里，时雨是相当具有领袖魅力的。而这些崇敬时雨的成员，对于身为表妹被时雨宠爱的我好像没有什么好感，偶尔我也能感觉到带着敌意的目光。

“而且，这些人里还男女都有，更让人觉得害怕了！时雨对男生也那么有吸引力吗？”

“以前新闻部曾经有过策划，在‘值得信赖的前辈’排行榜上，时雨可是得到了压倒性的最高票数呢溜咿。”

“是不是哪里搞错了？难道不是‘希望他恢复正常的前辈’排行榜吗？”

我正和毕咪偷偷摸摸地聊天，突然就感觉到有两个漫画研究会的一年级学生同时瞪了我一眼。

“那两个人……是不是在哪里见过？”

是我跑去漫画研究会的时候吗？总觉得脑海中好像有一些记忆的片段。就在这时，时雨的规则说明已经结束，他喊出了游戏开始的口号。

“御神乐学园大寻宝！宝藏的真相，到底是梦想、是希望，还是金银财宝呢！找出来吧，那一定就是打开宝藏的人所期望的东西！”

时雨把不知道从哪里拿出来的一朵玫瑰花叼在嘴上，伸手指向了森林之中。

“咦？啊？这样就开始了呢？”

“前辈就维持着那个姿势不动了，大概已经可以开始了吧。”

“不过大家基本都没有出发，维持姿势也很辛苦吧？他这个姿势也不太自然，你看他是不是已经开始发抖了呢？”

“他嘴唇被玫瑰花的刺刺破了，你看，都流血了呢。”

兔丸和豚困两个人就站在时雨的正前方，现场解说着他那副丢脸的样子。

大家纷纷传言，好像已经可以开始了，不过自己一个人贸贸然跑出人群也不太合适，所以大家都是慢慢悠悠地跟随大部队走进森林之中的。

“这开场还真是朴素。我也开始吧！”

“看起来如果大家不动的话，他就要一直维持那个姿势不变呢溜咿。还是快点行动对他比较仁慈吧溜咿。”

漫画研究会的一年级学生们好像觉得这样的时雨也非常帅气似的，一个个控制不住自己的兴奋，不停地从各种角度咔嚓咔嚓地给时雨拍着照。

这真是一个让我很难理解的世界啊……

我出发得相当晚，正在我想着差不多也应该要开始去找一下关卡所在地的时候——

“哔嗡，哔嗡！冰见负责急救哦！听说这里很快就出现了一个心理上受到了创伤的人呢！啊，还流血了呢。”

熟悉的声音传入了我的耳中。回头一看，一个做护士打扮的少女正端坐在时雨的身旁，还在用手一下一下地戳他。

“那个，已经没问题了哦！痛痛飞走了！感觉怎么样？治好了吗？唉，急救也还挺累人的呢。”

我为了确认这个少女的身份，一边想着应该不会是我想的那样，一边快跑两步转向了她的正面……

“果真是小冰见啊？小冰见穿着护士服，穿着护士服的小冰见！咦？这是怎么回事？”

“绘留奈，冷静下来溜咿。”

这让人怎么冷静嘛！虽然平时穿和服的样子就很可爱，但是被掩盖在和服之下的那具发育良好的身体，在这身白衣的映衬下完全显露了出来了啊！

“啊，是小绘留奈！呵呵，好看吗？很好看吧。冰见我是负责急救的哦。”

“神啊，真是谢谢你！”

“为什么突然跟神道起谢来了？小绘留奈真奇怪！啊对了，是小怪留奈！这个叫法还真是让人怀念呢。”

小冰见每次扑哧扑哧地一笑，胸前那个了不起的部分就因为动作而颤动一下。时雨是因为受伤所以嘴上流血，而我则是因为兴奋都快流出鼻血来了。

“我说毕咪啊！能不能让小冰见再多笑几次？用你那可怜可悲的样子逗她再笑几次吧？”

“你这话也太失礼了溜咿！”

完全没人去管时雨，我们追着小冰见玩闹起来。看看附近，就连漫画研究会的一年级学生们也已经全都离开了起点，还我行我素留在原地的也就只有我了。

“看吧，小绘留奈也得快点出发才行呢！如果受伤了冰见会帮你治好的，你就放心地去吧！”

小冰见一边这么说着，一边也对我抛了个媚眼。

这已经不是一个单纯的美少女了，是凶器啊……不知道会引发什么结果啊!

“咦？好痛！这是不是断了啊？我觉得我好像在不知不觉之间骨折了！”

“你这演技又没章法又差劲溜咿……”

我想让小冰见护士帮我看病，这种少女的心情你难道不明白吗？

我根本就不想明白。虽然毕咪什么都没说，就是给我一种它会这样回答的感觉，可是这种机会可能再也不会有了啊。

我想要被抱在那柔软的胸怀之中沉睡，即使就此陷入长眠也无所谓!

“真是的！装病的坏小孩要打针的哦！”

“请一定给我打针！”

虽然我差点就要跪下求她给我打针了，但是小冰见却认真地拒绝了我，按着我的后背强制性地让我开始了游戏。可是，小冰见的那副身姿已经深深地烙印在了我的脑海之中。

我觉得，今天的我一定可以使出浑身力气努力拼搏!

*

等我走进森林之中，才发现树木比想象中还要高大。现在

这个时间太阳明明还高高挂在天上，森林却茂密到让人好像完全失去了对时间的感觉。

不管朝哪个方向走，都理所当然似的只有无穷无尽的树木，所以就连方向感都变得有些模糊。这么一来，那幅地图也就完全派不上用场了。

“明明有那么多一年级学生进了森林，却一个也看不到呢。”

“是你进来得太晚了，而且这片森林也确实很大了溜咿。”

这片森林，大到让人完全无法相信是在一所学校的范围之内，即使说我现在是迷失在某个不为人知的世界中，也是很有说服力的。

仔细观察的话，就能发现树上甚至还有刚才走过的学生留下的记号。

“唔，这些标记都是除了他们自己以外，其他人都看不懂的画法，一点参考价值都没有！”

那是看起来就像密码一样的标记，让我有些好奇到底是指示了什么内容。

又或者，这根本就不是其他一年级学生留下的，而是作为一种提示，由前辈们留下的信息也说不定。

就连这种程度的判断都作不出，让我更加意识到，自己在这方面确实不太擅长。

“虽然有独自上路的人，但是和朋友们一起走的人也有很多吧？早知道我也找个人一起走就好了。”

“就算有好几个人一起走，说不定也会有问题溜咿。正好，你看那边。”

我朝着毕咪指示的方向一看，就看到远处有两个男学生正在争执。其中一个人手上，好像正拿着一张能通过关卡的通关票。大概一张票只能让一个人通过这一关吧。

“也会发生这样的情况呢……看起来这两个人是不能一起再去寻找另外一张了……”

“这种时候，就是看平常的伙伴关系，能不能转变成真正的信赖关系了溜咿。”

两个人在原地张口抬肩气喘吁吁，不间断地互相做出攻击。

不知道是因为这不是对抗战，还是这两个人都还没有觉醒能力，看起来他们好像都没发动能力战斗。

两个人只是不停地互相削弱对方的体力，看起来到决胜负还要花费不少的时间。

“这两个人恐怕是撑不了多久了。毕咪，走吧。我们也去找找同样的东西，或者别的关卡吧。”

我不想被卷进去，也不想打扰他们，就在我准备转身退开的瞬间，突然同时传来啪嗒啪嗒两个声音。

我回头看向那两个男生对峙的地方，就看见他们两个好像睡着了一样都躺在地上。

“到底发生了什么事溜咿？在下的视线只不过是离开他们几秒钟而已……”

毕咪好像也没看到事情发生的瞬间，脸上浮现出了惊愕的表情。

不知道他们是不是正好同时打倒了对方，我一边想一边准备走过去看看他们的情况，结果就看到，一个女生从他们附近的树木阴影中走了出来。

“那是……小乙音？”

那个把两人争抢的通关票拿在手上，呆呆站在原地的人，正是藤白乙音没错。

虽然我们之间还隔着挺远的距离，不过对方好像也发现了我，她的目光也转了过来。

“都，都是因为他们两个没注意周围，所以才会变成这样。藤白没有错。”

她像是在给自己找借口一样嘀咕着，紧紧握住了手里的通关票。

正在我想要开口的时候——

“要更加注意周围才行，观察一下自己周围如何？”

看她的神态，好像不准备再多说什么了的样子，这话一说完，就转身消失在了森林之中。

“要观察，周围……”

我按照她说的，假装若无其事地环顾了周围。

嗯，好像没有什么，刚才没有看清的森林中的景色在我身边延伸开去，好像有什么不对……

“……绘留奈，看到了吗溜咿？”

“嗯，就在那棵树上！有一张通关票挂在上面！”

我确认了没有任何人看到这边，迅速地跳起来把它拿在了手上。

小乙音竟然隔着那么远都看到了……不过这么一来，那两个男生刚才其实根本不需要争夺，只要拿到这张票就够了。

小乙音是不是在担心我漫无目的瞎跑而无法前进呢？

我的心情渐渐平静下来了。与此同时，我心里也有一种强烈的想法——我不能总是欠小乙音的人情，必须找机会报答她才行。

“首先要保住这张通关票，然后还必须要找到关卡地点才行吧？”

接着，我又听到从远处传来好像在争斗似的激烈叫喊声。

这场寻宝活动中，最后能得到宝箱的就只有一个人。

我原本还以为这片森林中是没有外敌的，但那种想法明显错了。

“所有人，都是敌人……”

看似平静的森林，现在已经给人一种恐怖的感觉了。就连树叶摩擦发出的声音都让人怀疑，是不是有人在瞄准自己发动攻击的声音呢。

比起使用头脑，现在绝对应该靠我擅长的领域来分出胜负才更有利，对吧？

“毕咪，我要跑了。跟上我！”

“溜咿！”

我做出声明之后，就以自己所能达到的最快速度在森林里奔跑起来。

用谁也无法追上的速度。

我相信自己有不输给任何人的耐力。

*

关卡当然也不是只有一个。

我在森林中往返跑动摇摆不定的时候，也看到了不少出局的人，以小冰见为首的急救队前辈们正在大忙特忙。

只是，每次一遇到困难，小乙音总会偶然出现，而她每次告诉我一个基本上就等于是正确答案的提示之后，又会马上转身离开。

"'偶然'这种东西……真的会这么频繁地出现吗？"

"不过那孩子的素质还真是高到让人惊讶啊溜咿。不管是考验智慧的关卡也好，还是需要体力的地方也好，全都能很简单地通过溜咿。"

"这就是新人战冠军的实力了吧，而且她还是在照顾我的同时做到的。明明因为采访事件和新闻部号外的影响，她自己的敌人就已经够多的了，但是她好像完全不放在心上似的。"

这已经是不知道第几个关卡了。

在关卡处等待的前辈会把新的地图发送到通关者的终端上，而这次的地图上，标记着一个名为"休息处"的地方。

"能走到这里的学生，恐怕连全体学生的十分之一都不到。接下来才要面对真正的困难，加油吧！"

前辈用温柔的声音说出了"接下来才要面对真正的困难"这种残酷的事实，不过我心里只想着接下来就可以休息了，朝着地图上标记的地方就出发了。

游戏进展到这个阶段，还能维持所有成员的良好关系共同进退的团队，已经减少了很多。

看起来，单独行动和两人一组通过关卡的学生好像占了大多数。

“大家是不是都会去同一个地方休息呢？虽然并没有和太多的人擦肩而过，附近倒好像也藏着好几个人。”

“大家都在戒备着别人，所以各自都保持了距离溜咿。不过这里面有好几个人，看起来都是在新人战里名次靠前的学生溜咿。”

听毕咪这么一说，我再次带着目的性环顾了一下四周，结果就发现了广播部的远石遥架。

她连一滴汗都没有流，完全是一副怡然自得的样子，就像在居所附近散步一样优雅地前进着。

和小乙音一样，她也有一种惊人的气质。这不禁让我感觉，这些对抗战中的强者，本身都是综合实力相当强大的人。

“啊，突然来到了一片开阔的地方溜咿。”

从地图上看，这里应该就是被设定为休息处的地方了。

好像在不知不觉中来到了靠近森林边缘的地方，这里差不多已经脱离了森林的范围，可以看到学校的建筑物了。

“有人！这里有好多人啊！我们得救了！”

“你怎么做出这种好像在森林里遇难了似的反应溜咿？”

这里可能是被设定为安全区域，和在森林里不一样，大家看起来都很平和地放松休息着。

这里也有很多前辈，都在照顾着一年级学生。

只是对比从起点一起出发时的学生人数，现在出现在这里的学生，恐怕真的只剩下十分之一左右了。

我走来走去想看看有没有熟人，结果除了装作不认识我的小乙音之外，一个熟悉的朋友也没看到。

“这里不但是休息处，好像也提供饮品溜咿！你看，就在那里！”

毕咪指着的那个角落里布置着简单的桌子和帐篷，看起来大概是志愿者的前辈们正在分发饮品。

“啊……那个难道是……”

“嗯。实在是一目了然溜咿……”

那里有好多种类的饮料，而其中有两位前辈的身影一下子就进入了我的视野。

分发其他饮料的地方都聚集了一些人，只有他们两个人身边连个人影都没有，因为人太少了，反而引人注目。

“暖呼呼的茶水……还有很多哦……啊，有茶叶立起来了……这一杯，我就自己喝掉吧。”

像平常一样我行我素地准备了茶水的，是花道部代表凑川前辈。

他很有节制地向从他面前走过的一年级学生推荐茶水，却总是被对方以想喝冷饮的理由拒绝。

“茶道部的前辈都在那边发橙汁呢！不过那样做才是对的吧？而且凑川前辈还准备了好多瓶，看起来是预想会有很多人排队领取，结果准备过头了吧？”

“而且他大概是觉得已经冷了的茶不能给别人喝，所以都自己喝掉了溜咿。话说回来，从刚才开始好像就只有凑川同学自己在喝，是在下的错觉吗……”

一想到凑川前辈预想着会有很多人要喝，就充满干劲地准备了很多茶水的场景，我连眼泪都要流出来了。

不然我去喝吧？大家都去喝点茶吧？

而站在凑川前辈旁边那个好像在恐吓一年级学生的前辈就更过分了。

“这是今天早上刚榨出来的牛奶。是经过我严格挑选的最新鲜的，先到先得哦。”

眼神不善地一边瞪别人一边分发牛奶的，是美术部代表九头龙前辈。

大家都被他的气势吓坏了，根本都不敢靠近他身边。而这种反应，又导致九头龙前辈的情绪更加暴躁，简直就成了恶性循环。

牛乳

“果汁什么的只有女孩子才喝！男人给我喝牛奶啊，牛奶！喂，那边那个瘦竹竿！不来一盒吗？”

那个被九头龙前辈叫住的身材瘦削的男生，简直就像被不良少年恐吓了一样，发出惨叫声跑掉了。这种反应果然让九头龙前辈的情绪更加低落了。

“为什么会这样……啊，是不是不用牛奶这种称呼，叫Milk会比较有人气啊？”

我听到他一只手拿着牛奶，嘀嘀咕咕地念叨着。

“根本不是那个问题，不颜前辈……”

“只要九头龙同学能离开那个摆放着牛奶的地方，拿牛奶的学生就会一个接一个地出现的。与其说是牛奶不受欢迎，不如说原因其实在于……”

毕咪，不要再说下去了好吗？

不知道凑川前辈和九头龙前辈是不是过于沉迷派发饮料的工作，他们两个好像都没发现我的存在，所以我就默默地路过好了。

我行动如常地从其他派发饮料的前辈那里领了碳酸饮料，假装什么也没有看到地离开了那个区域。

接下来还会有一年级学生陆陆续续到这边来，也会有人想要喝热茶和牛奶的，一定……

虽然我是这样想的，但很快就丧失了信心，沮丧地朝着休息处的出口走去。

“我刚才进来的时候就已经发现了，好像一个从这里走出去的学生都没有呢。”

“看起来问题就出在那个出口了溜咿。看吧，那里已经成为了一个新的关卡了溜咿。”

陆续也有很多人根本不准备再休息，急急忙忙就想离开这里，可是他们却没能成功，理由就是这个了。

在出口前投影出来的显示屏上，列出了通过这个关卡所必须达到的事项，上面写着“接下来的部分，请大家组成二人组一起寻找宝藏”。

所有围绕着显示屏的学生们，都是一脸困惑的表情。

看起来，这个游戏的规则，从这里开始已经发生了巨大的变化。只有那些在进入休息处之前就已经是二人组的学生，痛快地通过关卡离开了休息处。

大概就是因为这个原因，离开的人数才看起来少到接近没有吧。

不过，也不是一组都没有。

我也明白了，那些没能组成二人组，以至于还留在休息处的学生，为什么会一致表现出焦虑之情。

在这群人中，我看到了她的身影。

那个少女站在那里，看起来好像有点畏缩不前的样子。

就在那个瞬间，我点点头，做出了决定。

“小乙音，如果可以的话……能不能和我组成二人组呢？”

那个不敢和别人说话，也没有人主动找她说话的少女，就是新人战冠军藤白乙音。

本来她身为冠军，其他人想要提出跟她组合就已经很有难度了，再加上那次的采访，更让大家对她产生了一种敬而远之的奇怪态度。

大家远远地围成一圈，默默关注着小乙音，却好像没有一个人靠近她。

“可，可是藤白……对和别人组成二人组还能顺利通关这种事，完全没有自信啊……”

可能是完全不知道遇到这种情况应该怎么做才好吧？听她说话的声音，好像马上就要哭出来了一样。

她就像一只被抛弃的幼猫，用充满依赖的眼神看着我。

“你平常身边总是围绕着很多的朋友吧？除了藤白之外，也有很多人能和你组成二人组吧？那，那你就算不找藤白……”

什么“平常”“总是”啊，难道你一直躲在哪里偷看我吗？那就直接跟我打招呼不就好了。

啊，不对……小乙音的话好像不太能做得到的样子。

所以她总是一个人，就那么孤孤单单地一个人看着我吗？

“我能走到这里，都是托了小乙音的福。所以你能不能，再帮助我一次呢？”

我一边说，一边伸出手希望她来握住我的手。伸出手，朝着好像很害怕似的、轻轻颤抖的小乙音。

“不行……吗？”

因为她没给我反应，所以我又催促了一句。

沉默环绕着我们两个人。

小乙音正在犹豫，但是我知道她其实是愿意握住我的手的。

我能听见周围有人轻声惊叫。

“既，既然你都已经说到这个地步了，那也没办法了。藤白就帮帮你吧！因为藤白呢，是那种被人拜托的时候从来不知道拒绝的人。”

她好像挺开心的，又好像随时都会哭出来一样说着，伸出两只手紧紧握住了我伸向她的手。

那副样子，就好像在说“再也不要放开了”一样。

不知道是不是受到我们的举动影响，周围的其他学生们中间，也陆续出现了一些达成共识组成的二人组，大家纷纷通过关卡离开了休息处。

不知不觉间，身边也出现了一些认识的同学，我都没注意他们是什么时候抵达休息处的。

“竟然和新人战的冠军组成二人组了呢！虽然有点意外，不过又觉得挺适合呢。豚困你也这么觉得吧？”

“我们可是一直以二人组的形式通过各种关卡一直来到这里的。绝对不会输给临时组合。”

兔丸和豚困小组一边这么说着，一边跑了过去。

除此之外，倒也有一些超出了大家想象的组合——

“一宫同学，你已经到这里了呢。呵呵，我可是勇敢地跟人家搭讪了呢！”

说话的人从身后拍了拍我的肩膀，是小花袋。而站在她身旁的，是因为被女生主动搭讪所以有点不好意思的明日同学。

“我是……被搭讪的……不过比起要和不认识的人组队，还是和见过几次面的人在一起比较安心！”

确实，因为我的缘故，这两个人曾经见过好几次面，肯定也是有过交谈。虽然组成二人组还是有些仓促，但是这两个人站在一起，也有种让人能够接受的感觉。

“哼！我们也不会输的，对吧，小乙音！”

“才，才不知道！请不要挎着藤白的手臂！”

我完全无视了她的抵抗，扯着她穿过关卡直接向前走去。

比起一个人行动，我觉得现在的脚步更加轻快。而且看起来小乙音也有一样的感觉，走到一半就感觉好像是她在主动拉着我往前跑了。

我看向身边，小乙音露出了我至今为止从来都没有见过的表情。

既不是那副泼辣的样子，也不是那副畏畏缩缩好像在害怕着什么的样子。

那是很自然的表情。

*

“现在通过最终关卡的队伍，只有十组！这十组的二十人，可以说已经找到了属于自己的搭档，这本身就是了不起的宝藏了！最先找到宝箱的，到底又会是哪一组呢！”

从浮在森林上空的摄影机中传来了很有煽动性的现场解说的声音。

“时雨不只是做主持人，连现场解说都做啊……摄影机上原来还带着喇叭。”

“那台摄影机，从刚才开始就不断从各种角度拍摄绘留奈溜咿。虽然不能肯定，但在下觉得多半是手动操纵着跟随你行动的溜咿……”

“好，好恶心啊！”

小乙音脸上露出发自内心厌恶的表情，跟着就突然跳了起来。我还没反应过来，她就已经对着摄影机飞起一脚，漂亮地把它击落了。

“小绘留奈啊！”

从损坏的喇叭中，还传来了时雨那好像马上就要离开人世一般的惨叫……看起来毕咪的预测是准确的。

我和小乙音交换了一个眼神，几乎同时笑了出来。

“你们看起来挺开心的嘛，还以为这是在野餐吗？”

就在这个时候，一个声音突然从我们头顶上传来。

小乙音挺身而出挡在我前面，进入了戒备状态。

我们抬头向声音传来的方向看去，头顶上已经没有人了，两个一年级学生好像早就落下地来，正靠着一棵大树站在我们前方。

“那个，你们是谁来着？呃，啊！是漫画研究会的！”

时雨带我到他们部门活动室去的时候，我曾经见过他们两个好几次，不过应该是没听过他们的名字的。

看起来小乙音也不认识他们，这时候已经毫无兴趣地把视线从他们身上转开了。

大概是认为他们不是那种随时能造成威胁的危险对手吧。

“就算你是时雨大人的表妹，也不要太蹬鼻子上脸了！”

“……没错没错。”

那个女汉子似的姑娘正在连珠炮似的说话，旁边那个留着长发的男生则轻轻地附和着她。我记得这两个人好像应该是一对双胞胎姐弟来着。

仔细仔细地回想一下，刚才在起点瞪我的不就是这两个人吗？我记得自己好像从来也没有做过会惹他们讨厌的事情……

就在大家因为莫名其妙的理由陷入沉默之中的时候，对方好像误以为我是无言以对了，马上就接二连三地接着说了起来。

“漫画研究会就像一个大家庭一样！比起你和时雨大人之间的那种比掺水掺到没味道的可尔必思还淡薄的血缘关系，我们和时雨大人之间的羁绊可要强大得多了！”

“……嗯嗯。”

颇有威严的姐姐在前面滔滔不绝，老老实实的弟弟紧随其后帮腔。

“啊，哦……就算是这样对我也没有什么影响吧？”

虽然我做出了如果时雨在场听到一定会发出惨绝人寰的哭号的回答，那两个人却在听到我这番话的同时，眼中闪耀起了光芒。

“是吧！是吧？”

“……是吧是吧。”

因为太过兴奋，已经不知道自己在说什么了。

带着疑惑，小乙音操作终端找到了这两个人的情报，然后递过来让我看。

“漫画研究会——莲见真琴”。

“漫画研究会——莲见小太郎”。

我记得他们两个在新人战的期待值排行榜上，分别位列第六名和第八名。我之所以会对他们有些印象，可能也有这方面的原因吧。

“这也算不上是什么大事。除了跟在二宫时雨同学身后之外没有任何才能，只是金鱼屎而已。”

小乙音哼地一声，做出了挑衅一般的发言。

“你说什么？你这没有隶属部门的女人，有本事给我再说一次！”

“……没错没错。”

“到了这个时候还没找到隶属部门，就代表根本没有人需要你，无法融入任何一个集体！你就是贴着这样的标签生活在校园里面的！有点自觉吧！”

“……噗嘻嘻。”

这两个人没有同情心的话，让小乙音露出了明显受到伤害的表情。

“那个，我不说话你们是不是也有点太随心所欲了？我也一样是没有隶属部门的哦？”

那个瞬间，我心里蹿出一股火气。因为时雨的事对我有偏见或者刁难我，我都可以不在乎。可是连小乙音都被牵连进来，这种事情我决不允许。看到她被这两个人的唇枪舌剑所伤害的样子，真是让我忍无可忍了。

“等，等一下。藤白无所谓啦。藤白根本就没有受到什么打击。”

“才不等，我得让他们两个也尝尝受伤的滋味才好！”

我没理会制止我的小乙音，朝着双胞胎飞跑过去。

我在并排而立的树木阴影中穿梭，想要绕到背后去找到他们的死角。

“那边……不行啊！”

就在小乙音叫出声来的同时，我的身体也失去了平衡。树木后面没有预料中的落脚点，一片斜坡在我眼前展开。

会掉下去。

就在我接受这个命运的瞬间，小乙音像飞一样快步跑来抓住了我的手。

可是，已经晚了。

两个人一起在斜坡上摔倒，一起向下掉落。

就这么头下脚上地朝深不见底的谷底掉下去。

我的意识正在逐渐变得模糊。

“喂，不要自己随随便便就发疯，又自己随随便便就陷入绝境啊……我们可没想在这里把你们怎么样啊！”

“快点去叫急救队吧！”

莲见姐弟俩看到我和小乙音掉了下去，就慌慌张张地叫嚷着跑开了。

*

“还好吗溜咿？你们两个，快醒醒溜咿！救援马上就会赶来了溜咿！”

被毕咪摇醒睁开眼睛的时候，我们已经在斜坡的下面了。

看起来，是松软的土地起到了缓冲的作用，我身上没有疼痛的感觉。

“我好像没事……可是，可是小乙音她……”

小乙音跌落的时候想要保护我，途中好像撞到了什么东西，能看到她的脚踝很明显地肿了起来。

“不要动溜咿。很遗憾，只能就此放弃寻宝游戏了。就在这里等着急救队过来吧溜咿！”

“怎么会这样，都是因为我……”

都是因为我太容易激动，不加考虑就采取了愚蠢的行动，才给小乙音造成了这么大的麻烦。

真是再怎么后悔都无可挽回。

按照小乙音原本的实力，不管和谁组队，都应该可以轻松第一个抵达宝藏所在地的。

如果我……如果我没有拖她的后腿的话！

就在我的脑海被后悔的念头占据的时候，头顶上突然感觉到有人在温柔地抚摸着我。

“请，请你不要那么自责。因为藤白完全，一点也不觉得痛哦……”

“太好了溜咿，她的意识恢复了。莲见姐弟已经去叫急救队了，再坚持一会吧溜咿！”

她在说这话的时候，也在紧皱眉头忍耐着。

怎么可能会不痛呢？我知道，她是在逞强。不过，她这样说也是为了减少我的负罪感。

“可是，即使如此我也想要补偿你。如果不这样做，我……”

疼痛都没让小乙音流出眼泪，我却几乎要无法承受内心的煎熬了。

我没有说话，用袖子擦掉了眼泪。

“那么，你就实现藤白一个愿望吧。然后我们就当作什么也没有发生过。”

“愿望？嗯，什么愿望都可以！”

“下，下次和藤白一起度过一天吧。要一整天哦。”

“咦？那不就是约会吗？那就是约会吧？虽然说是实现你的愿望，这对我来说不就等于是奖励一样吗？”

“约会……唔，嗯，那也是可以的！那就和藤白去约会啾！”

“噗！小乙音，你太紧张了连感叹词都变得好奇怪啊！”

我们两个看着对方的脸笑了出来。

远远地，传来了直升机靠近的声音。

抬头一看，就看见小冰见正用手按着护士服的下摆，大声喊着：

“不行，不要看我啦！”

“你，你还是看我吧。那种场面是不能看的！”

小乙音整张脸都红了，强制性地把我的脸转向了她自己的方向。

哎呀？难道说，这就是吃醋的表现吗？虽然我想是这么想，却没有说出来。

寻宝活动是彻底失败了，可是不知道为什么，我的后悔之情已经丝毫不剩了。

时雨刚才现场解说时喊的那句话又在我的脑海中响起——

“能找到了属于自己的搭档——这本身就是很了不起的宝藏了！”

虽然这种说法有点怪，但是说不定他说的是对的。

我紧紧握着小乙音的手，两个人一起看向直升机在天空飞过所留下的轨迹。

第四乐章 少女音乐理论

考虑到必须要设定好一天约会的详细行程，所以在之前的活动结束之后，我和小乙音见面的时间也就理所当然地变多了。

今天放学后，我们也约好在附近喝茶的地方见面。

“那么……去看电影怎么样？”

“拒绝。”

“咦？那去游乐场吗？”

“还是拒绝！”

我提出的都是一些热恋中的情侣会选择的约会地点，但小乙音却不停地拒绝。脸皮薄的人可真是麻烦！

本来可以在去过游乐场或者电影院之后，就去能看到美丽夜景的地方吃晚饭，然后就直接来我的房间——也就是睡袋。

唔哦哦哦！真好！太好了！果然还是要按照约会的固定流程才对。

“总之，这种的都不行！虽然我们说好了要约会……但是要更轻松一些的，最理想的是两个人根本就不用见面也能完成的活动！”

“那根本就称不上是约会了吧！”

不知道小乙音是不是在不好意思，她好像不太高兴似的哼了一声，把头转向一边。

不过我完全不在意她的表现，继续一个接着一个地提出新的建议。

毕咪近距离看着我们两个：

“说起来，你们俩已经这么开心地度过了这段时间，在下觉得这已经可以称得上是约会了溜咿。”

即便它是笑容满面地说着这段话，但是这种程度的约会怎么可能让我满足呢。难得有这个机会，我要尽情地享受才行。

我们又聊了一会有关约会行程的话题，然后对话不知不觉之间就转移到了毫无主题的方向。

等我一提起自己要创建新部门的事，小乙音有好几次好像要说什么，不过最后还是没说出口。

我不假思索地开口问道：

“咦，怎么了？你想说什么吗？是很重要的事情吗？啊，是要提出同居这种事吗？这，这种事情不管怎么说都有点太快了吧！”

“完，完全不是！而且说什么同居……绘留奈你的房间只是个睡袋吧！”

不知道从什么时候开始，她已经直呼我为绘留奈了，我觉得好开心。这让我知道，在小乙音心中，有扇门已经打开了。

“只要睡着了，即使是睡袋也是一座城堡哦！无论如何我都欢迎你来！”

“绘留奈，你仔细听别人说话好吗溜咿……”

就是这样，每次话题一发展到天马行空的阶段毕咪就会提醒我。

我闭上嘴安静地听小乙音继续说下去。

看到我摆出倾听的姿势之后，小乙音一字一顿地，好像慢慢在梳理自己的思路一样开了口：

“藤白……曾经有那么一次，加入了一个部门……”

“这样啊……也是，如果没有过的话，你现在肯定也被退学了对吧？”

“是的……可是，老实说藤白自己一直都不知道自己想要做什么……只是因为，希望藤白入部的人一个接一个出现在藤白面前，藤白也就有点随波逐流地办理了入部的手续。”

“……”

见我没说话，小乙音低着头继续说道：

“可是，最后藤白没能和部门里的任何人交上朋友……而且还因为怕生的缘故，被大家当成了麻烦制造者……所以藤白就放弃了。”

最后，还是逃避了——小乙音自己接着说道。

我一句话也没能说出来。

“在新人战获胜之后，那个部门里的几个前辈还来问过藤白要不要回去。可是，藤白已经很害怕部门活动这种形式了。”

“可是……”

可是，无隶属部门这种状态是不能永远持续下去的，早晚会因为这个理由被退学。因为我也处在相同的状态下，所以还能理解这一点。

接着，小乙音直视着我的眼睛说道：

“只有退学，藤白绝对不要……而且，好不容易才交到了朋友……”

“咦？你刚才说什么？”

“没，没有。什么都没说！”

虽然我没听清小乙音嘴里低声念叨的内容，但是她之前的话也让我不由自主地开始思考。如果我没能成功建立新部门的话，也会就这么直接走上被退学的道路……

只有这一点，我也绝对不愿意。

“好！那么我们去见习吧！”

“咦？”

“我也想要再把自己准备创立的部门的主旨确定一下，小乙音一定也有很多还没去参观过的部门吧？所以首先还是要多看看才行！”

“可，可是……”

“没问题！我也在啊！对吧？”

“唔……是，是的……啊，那么……”

“嗯？”

小乙音虽然一副不好意思的样子，但又颇为强烈地建议道：

“就，就把这个作为一天约会的内容吧！一天部门活动见习约会……这个不错吧？”

“嗯！那不如我们马上就开始吧？”

我抓住小乙音的手，不想浪费时间直接就跑了起来。

“啊？等，等一下！”

*

第一个去的部门是花道部。

不知道凑川前辈在不在呢？我一边想着一边推开了部门活动室的门。

“打扰啦，凑川前辈！我是御神乐学园美丽一枝花——一宫绘留奈哦！”

“……吓我一跳。”

在活动室里面，我看到了以正坐姿势在插花的凑川前辈。

明明说自己被吓到了，但他看起来却还是一副处变不惊的样子。不过凑川前辈一直以来都是这样，也没什么好奇怪的。

“锵锵！其实今天我们是两个人一起来见习！虽然我连正坐都做不到，但是也有可能会成为花道部值得期待的新星呢！”

“你是……”

凑川前辈还坐在原位，看着小乙音轻声说道。

不知道他是不是有意的，那副神情就好像在意外的地方见到了一个认识的人一样。

“咦？难道说凑川前辈认识小乙音？”

“不，虽然……并不是那样。”前辈牢牢地盯着小乙音，然后意味深长地说道，“我听花说过你的事情，你变得比以前强大了呢。”

“咦？咦？这是怎么回事？什么花？”

我实在听不懂他在说什么以至于头顶上都冒出了问号。

“……因为，我一直在照顾那附近的花坛。”

“啊……”

这句话还没说完，小乙音的脸就红了起来。

“呵，哼！虽然那边的花坛确实很漂亮。但是，藤，藤白是不适合加入花道部的！”

这可真是把自己的怕生特质发挥得不错。

“嗯，你还有其他想要去做的事情吧？可是，如果你想加入花道部的话，我是非常欢迎的。”

“啊，嗯……你能欢迎藤白加入真是Thank you。可是，藤白以后再来这里找你喝茶吧。今天就到此为止，Bye！”

小乙音说完就这样离开了花道部的活动室。

“啊，小乙音？凑川前辈，真是非常抱歉！我还会再来的！”

说完这句话后，我便快步追着已经走出活动室的小乙音出去了。

“呜呜，这太糟糕了……他肯定早就知道了，藤白总是在那里一边哭，一边自言自语的事情……”

在紧挨着花道部活动室的走廊里，我找到了相当失落地蹲在那里的小乙音。

因为她在哭，我一开始还担心她竟然那么讨厌花道部，看起来又好像并不是这个原因。

虽然不是很清楚，不过我还是暂时把花道部作为小乙音候补部门中的一个，然后又带着她陆续去了好几个部门。

随着我们去的部门越来越多，我也发现，即使达不到我的程度，但小乙音自己也曾经见习过不少部门活动，而且都表现过她那标志性的怕生性格。

也因为这个缘故，我们每到一个部门，最初人家都是很有些戒备，不过稍微聊上几句之后，大家又都会指出，小乙音比上次来的时候要平易近人得多了。

“才，才没有那种事。藤白平时就是这样的！”

小乙音就是这么害羞。

如果是因为有我在，才让小乙音多少变得没那么紧张了，那我肯定会非常高兴。

*

我们接下来要去的是轻音乐部。

虽然我之前已经在这里暴露了自己完全没有音乐才能的事实，可是，说不定小乙音身体里就沉睡着音乐方面的才华呢。

我带着有些期待的心情，推开了活动室的门。

“打扰了！我是诞生在御神乐学园的世界级摇滚明星——一宫绘留奈！吱扭吱——扭！”

活动室里的所有成员一起回头看了过来。一认出来是我，马上就有人开始窃窃私语。还清楚地听到有几个人说着“她又来了”。

我都听到了！而且这种说法也太伤人了吧？

不过不知道为什么，我一到这个活动室里，就有一种变成大牌摇滚明星的感觉，这也是无可奈何的事情。

“喂，你这次是来做什么的？”这些人之中，还是那个之前让我弹了吉他的前辈先跟我们说话了，“难道说，你真的想加入我们部门吗？”

我像个摇滚明星一样竖起了食指，一边晃，一边咂了几下舌头。

“不不不，今天可不是我……”

我一边说，一边伸手指向了还在门口附近偷偷观察着这边的情况的小乙音。

“那家伙是……”

人群中响起了与刚才完全不同的议论声。果然，一旦成为了新人战的冠军，在这所学校里就会有相当高的知名度了。

“前辈，能不能再跟你借一下电吉他？”

“呃……好吧。”

我拉着小乙音的手，把她带到了扩音器的前面。然后前辈就像上次我来的时候一样，帮小乙音背上了吉他。

虽然小乙音整个过程中一直在说她对吉他根本不感兴趣，

可是一旦把吉他连上扩音器再感受了一下弹奏和弦的效果，马上就——

“好厉害好厉害！好厉害啊，绘留奈！有声音啊！”

做出了非常直白而且很可爱的反应。

不过她马上又说：

“哼，轻音乐什么的藤白才不感兴趣。根本不是因为从来没接触过，所以没有勇气，而是因为确实没有兴趣！”

小乙音又拿出了她拿手的怕生“表演”。

话说回来，这一次轻音乐部的前辈们好像也很跃跃欲试的样子，甚至还问她愿不愿意和乐队一起唱首歌之类的，和我上次见习时的反应完全不一样。

这和面对我时的态度也差太多了，这就是所谓的等级社会现象吗？

可是，如果这能让小乙音找到最适合自己的部门活动的话，我也会觉得很高兴。

小乙音诚惶诚恐地拿着麦克，站在了整个乐队的前面。可能也因为她外表可爱吧，只是这样站着就挺有模有样的了。

好厉害！好像真正的乐队一样！就连我都兴奋起来了！

和上次的程序一样，还是鼓手前辈轻轻吸了一口气，开始数拍子。

——一，二，一二三四！

不愧是轻音乐部里的前辈们啊！如此合拍的前奏更让人产生了期待感。小乙音一动不动地闭着眼睛，轻轻晃动肩膀合着节拍。

然后就在前奏刚刚结束的那个瞬间，她轻轻吸了一口气，开口演唱。然而——

“STOP！STOP！STOP！”

我不假思索地胡乱打断了他们的表演。要说原因的话，小乙音的歌声几乎可以说是出乎意料的难听。

轻音乐部的前辈们纷纷露出了尴尬的表情，好像在说“难得我们这么期待，结果你的朋友也是这样”。

不不，这个我可不知道啊！

“怎么回事？”

小乙音一脸疑惑地看着我们。她自己好像根本没搞明白被打断的原因，也不知道周围的气氛为什么突然变得这么冷。

“藤白觉得自己的声音非常Rock呢！”

在此之上，她还做出了这样的发言。

“唔……嗯！我都想Lock住自己的耳朵和小乙音的嘴巴了！另外，能不能别再字正腔圆地说英语单词了？”（注：日语中Rock与Lock的发音相同。）

这样一来，轻音乐部成员们的视线又变得刺人了，这一次我们也像逃跑一样离开了轻音乐部的活动室。

“咦？咦？”

小乙音直到最后还是很依依不舍的样子。

只是，小乙音的这个反应也让我明白了一件事。

接下来我们要去的那个部门，小乙音应该也是很喜欢的。

*

“不过……果然她也在啊！”

我们两个人前往的，是吹奏乐器部的活动室。

这是一个规模庞大的部门，而接待我们的，就是在新人战中曾经把兔丸打得落花流水，又被豚困反过来打得片甲不留的相良同学。

“虽然吹奏乐器部有很多可爱的成员我很喜欢……可是！”

就在我敌对意识暴涨瞪着她的时候，相良同学在回忆了一下前因后果之后，用和对抗战时完全相反的温柔表情说了下面这番话：

“啊！你是演剧部他们的朋友吧？那个时候真是不好意思。我这个人呢，在对抗战中一拿起乐器性格就会突变。战斗结束

之后，其实是要去跟对手们道歉的。”

“咦？”

她这么一说，我突然想起来兔丸曾经胆战心惊地说，他在校园里被相良同学追着跑过。

原来那是想要跟他道歉吗……

如果真的是这样，那兔丸也未免太惨了。

因为害怕，被来道歉的女孩子追着跑，真是一场空啊。

“我看得出来呢，那种眼神，根本不是一般人的眼神呢！”

——我记得他还说过这样的话。

如果他们能好好谈谈，应该就能知道原来她也不是什么坏孩子了。

“说起来，你们两个都是没有隶属部门的吧？难道说你们对乐器有兴趣？”

对于相良同学的这个问题，我们两个都给出了肯定的答复。

“不要只是来见习参观嘛，一定要拿着乐器试一试才好。如果不亲手接触乐器，是无法感受到吹奏乐器的魅力的！”

对此，相良同学做出了诚恳的推荐。最后，小乙音拿到了一把小号，递到我手中的则是一把圆号。

我用力吹了一口气下去，却没有吹出什么正经的声音来，只是发出了“噗呜呜”的空气泄漏的声音。

可是，不论我还是小乙音，都因为第一次触摸到乐器而感到兴奋。

相良同学拿出了一把萨克斯，即兴吹奏了一段曲子。又成熟又性感又帅气，我们都惊叹地叫了起来。

我们也像小孩子一样，继续用尽全力吹了起来。

“噗昂——”

这时，小乙音的那把小号中传出一个挺不错的清澈声响。

“初学者能吹出声音很了不起啊！”

相良同学夸奖着小乙音。小乙音好像也因为吹出了声音很高兴，露出了一个至今为止都不曾见过的笑容。

看着她的表情，我也终于能够确信了——小乙音对音乐是非常感兴趣的。

那和我将要建立起来的部门的主旨也是不谋而合的。

“那个，小乙音啊。”

“什么事，绘留奈？”

“我呢，果然还是想和小乙音一起创建新的部门！”

“可是……”

“虽然这个新的部门到现在连最关键的主旨都没有决定下来……不过我想做与音乐有关的内容。”

“唔……”

“这和小乙音你想参加的部门活动，在方向性上一定也很合拍吧？”

“呃，嗯……”

“所以要不要一起来？”

我面对着小乙音，摆出了发自内心的最高级别的笑容。

小乙音一时没有说话，但是没一会就像平常一样嘀嘀咕咕地把自己的想法说了出来。

“藤白，很怕生……和周围的人总是不能很好地相处……”

她低着头，像是一点一点、一字一句地从紧咬的牙关里挤出来的一样。

“可是，和绘留奈在一起的人……周围的人都很开朗，既然如此……”

就好像随时都会消失一样，她的声音越来越小。

“藤白，是不是也能变成那样呢？”

最后就连她说了什么都不太能听得清楚了。

可是，在小乙音自己的心里，一定已经有答案了。我有这个信心。

“小乙音，怎么样？”

在我的询问下，小乙音抬起头，带着笑容，双眼毫不犹豫地直视着我。

那个笑容，比至今为止我见过的她的任何表情都更漂亮。

“这也是没有办法的了，毕竟也不能不参加嘛！”

正是她一直以来那种有些傲娇的说话方式。

听她这么一说，我便笑了起来。小乙音也被我的笑声感染，露出了微笑。

“真是遗憾，你们似乎不打算加入吹奏乐器部了。而且，还是在吹奏乐器部的活动室里宣布这一结论的呢。”

相良同学虽然有点坏心眼地故意这么说，却还是笑着祝福了我们。

这样一来，我那前途多难的部门活动创建计划，又踏出了一大步。

部门主旨仍然没能定下来，而且最少还得再找到另外一名成员才行。

不过小乙音是我第一个找到的“同伴”。只因为这一点，我的心跳得比平时还更剧烈，更兴奋。

我觉得，接下来一定还会发生更多更好的事情。

“请多关照！小乙音！”

第五乐章 十六夜见证

御神乐学园大寻宝活动的庆功会——

为了能够长时间好好地热闹一场，还在活动结束之后专门定了一个日子来举行，很有这所喜欢庆典活动的学校的风格。

在太阳已经完全落山的学校之内，野营的篝火照亮了黑暗。

参加了寻宝活动的一年级学生当然不在话下，就连二年级和三年级的学生也都载歌载舞地融入到这片氛围之中。

我一边和同学们、演剧部的成员们，还有给了我不少照顾的前辈们打着招呼，一边寻找着最关键的寻宝活动的成功者的身影。

“咦？我还以为他们两个一定是在一起的，怎么篝火前面只有一个人？”

“另外那个人的话，在下觉得他应该是在老地方吧溜咿！”

毕咪说完，就抬头看向建筑物的顶上。

没错，他只要有时间就一定会在那里的。

那是这所御神乐学园里面能最近距离感受星空的地方，他像一只偶尔停下休息的鸟儿一样伫立在那里。

我感受着身后热闹喧嚣的气氛，一步一步脚踏实地地沿着楼梯走了上去，打开了那扇通往屋顶的门。

“明日同学，你果然是在这里啊。”

和小花袋组合后顺利在寻宝活动中成为冠军的射水明日同学就在那里。

美丽的星空中浸润了篝火的红色，只有今天才有机会看到的神秘景象在我们眼前展开。

明日同学从天文望远镜前转过头来，他的脸上是相当神清气爽的愉快表情。

“欢迎你，绘留奈同学。我正在想着你什么时候会来呢。”

“我找了你好久啊！你可是庆功会的主角，怎么可以不和大家在一起呢！小花袋可是忙得不可开交呢！”

我笑着说完，明日同学就有些不好意思地也笑了起来。

“今天的视野非常好，气流特别稳定，可以观测到很漂亮的星空。我有一点事情需要在这里完成。”

“这样啊。”

虽然他说出来的专有名词之类的我不太明白，不过既然明日同学好像很幸福的样子，我也就觉得很高兴了。

我站在他旁边，安静地陪着他看了一会儿星空。

“对了，宝箱里面到底放的是什么啊？我也问过时雨，他竟然跟我说‘这是只有找到宝箱的人才能感受到的乐趣’，小花袋也让我自己来问明日同学。”

我突然想起来，就开口问了一直想知道答案的问题。

对这个没能得到的东西，虽然我并没有什么后悔之情，但是在好奇心的驱使之下，我无法舍弃想知道里面到底有什么的想法。

“啊哈哈，所有人都问我这个问题呢。我都没怎么告诉别人。不过，可以告诉绘留奈同学。”

为什么可以告诉我呢？对此我有点好奇，不过想了一下，还是没有问出口，最后还是继续听明日同学要怎么说。

“宝箱是两个摆在一起的。一个大的宝箱，和一个小的宝箱。看起来好像只有其中的一个是真正的宝箱，另一个就是落选的吧。我和小花袋讨论之后，最后打开的是那个小的宝箱。”

“嗯嗯，然后发生了什么？”

花费了如此多的心思和功夫，只有最后找到宝箱的两个人才知道的秘密，在就要听到这个秘密之前，我心里有些激动也是在所难免的。

“我觉得我们应该是选错了吧。里面装着的是这个。”

明日同学一边说，一边从口袋里取出一块星星形状的玻璃。

要说的话，完全是没有任何奇特之处的玻璃工艺品。既没有镶嵌宝石，也没有什么有意义的纹样，只是一个玻璃工艺品而已。

虽然我是外行，但是这东西看起来也不怎么值钱的样子，如果说这是选错了，应该也只能说是无能为力了吧。

“是错了吗……不过，这颗星星很漂亮啊？”

这不是想要安慰他也没有什么目的，就是直接脱口而出的感想。毕咪好像也很同意似的点了点头。

“是的。得到了第一名我非常高兴，总觉得多少有点被承认了的感觉。感觉至今为止每一个努力的日子都没有白费，就像是从神明的手上得到了认证一样，我非常高兴！”

他的眼睛眯了起来，把那个星星形状的玻璃工艺品珍重地抱在了胸前。

“所以，我今天才一定要到这里来，把这件事告诉我最喜欢的星空。告诉我最喜欢的星星……”

“嗯嗯！”

从一般的角度来看，作为宝箱的内容来说，说不定他们真的选到了错误的一个。

可是对于明日同学来说，这并不是单纯的选错了。

另一个宝箱里面装了什么已经永远都无法知道了。

不过在我看来，他们选择了这一个真是太好了。

“我有没有跟绘留奈同学说过，我为什么喜欢星星？”

“没有，应该没有说过。”

他深呼吸了一下，一字一句斟酌着组织自己的语言。

“因为我没有男子气概之类的无聊原因，我小时候总是被别人欺负。那个时候，不知道是谁向我说过一个向流星许愿三次，愿望就能实现的故事。”

我不知道应该做出什么反应。

虽然知道这件事情现在应该已经解决了，但是我感觉得到，这不是很容易就能接受的问题。

在我吞吞吐吐欲言又止的时候，明日同学又接着说道：

“有一天，我就对着流星许愿了。希望自己能变得坚强，希望能成为不认输的自己。当时我真的许了三次呢。虽然不知道有没有效果，但这也可能只是一种自我暗示吧。从那一次开始，我终于鼓起勇气在被欺负的时候做出了反抗。而在那之后，我再也没被欺负了。”

“从那以后，明日同学就开始喜欢星星了吗？”

“就是这样。呵呵，可能从那时候开始，我就一直很任性地对星星撒娇吧。有不开心的事情的时候总是会看着星星，和星星谈心。今天还是我第一次告诉星星好消息，我是来谢谢星星的。”

带着非常自满的心情，他补充道。

不知道为什么，连我都觉得很骄傲。

甚至想对着星星高喊——看啊，明日同学已经成长了这么多了！

就在我想着要不要真的喊出来的时候——

“明日，原来你在这里啊。主角不在的话，庆功会可是永远都不会结束的。”

赤间同学出现在我们眼前。

“没错啊！把所有事情都推到我身上，真是狡猾呢。要不要来和大家一起跳舞啊？而且，也要跟大家炫耀一下这个啊！”

在他之后，小花袋手里拿着星星的玻璃工艺品一同出现了。

不仅如此，那边还有天文部的成员们，还有很多其他的同学，大家都是来找明日同学的。

“好啦，明日同学，我们走吧？星星们一定也想要看到明日同学被伙伴们围绕着，一起开心跳舞的样子吧！”

我抓起明日同学的手，向着大家的方向跑去。

“嗯，一定是这样！”

*

漫长的庆功会终于结束了，跳舞跳到筋疲力尽的我躺在自己的睡袋里。

“藤，藤白真的也要睡在这里吗？虽然藤白对自己的睡相有自信，但是如果翻身就会翻到楼梯旁边，然后就说不定会从楼梯上掉下去，全身受到撞击而导致很严重的后果！会变成重大事件的！”

和平常不同的是，非常不安的小乙音这时候也和我一样被睡袋裹着，躺在我的旁边。

“一起吃一起睡才是好朋友啊！今晚不让你睡哦！”

“好，好朋友！不！藤白才没有心跳加速。藤白才不是那种会被甜言蜜语欺骗的天真少女！”

她一边说，整个睡袋也一边啪嗒啪嗒地抖动着。

看起来她相当高兴呢。

为什么会这么可爱啊？

我第一次交到了一个愿意加入我的部门的朋友。再过不久即将迎来期中初战这样大规模的对抗战，留给我创建部门的时间也完全称不上充裕了。

可是我总有一种感觉，从现在开始，一切都会进展得相当顺利。

我从睡袋中探出头来，看着窗外的星空。

对着命中注定划过天际的流星许下了愿望。

至于我许了什么愿望……嗯，在实现之前我是不会告诉任何人的！

后记

大家好，我是Last Note.。

经常会有朋友对我说“很期待看你小说的后记呢”。我也是人类，被夸奖的时候心情当然不会不好。

最近，在我没有任何改善的日常生活中，发生了一件让人感觉相当愉快的事情，让我觉得一定要把它写在后记里。这件事情写出来，我有自信，大家一定会觉得好玩的！

虽然很想快点写出来，不过还是请大家先镇定一下。

这一次我得到的能写后记的页数只有一页，所以必须把事情整理得能用简洁的文字描述出来。尽管如此，这一页也是可以成为决定我成败的关键的一页，所以绝对不能疏忽大意。因此，我需要留出做好心理准备的时间。

这么灌水充数的，其实根本没有什么值得写出来的事件吧——肯定也有人会这么怀疑，真是让我感到惋惜！只不过，如果我一直就是这样的状态的话，别人会这样想也是无可非议的。那我们差不多也该进入正题了吧！

上一次——（编辑注：在这句的后面，其实写了超级无敌有趣的轶事，但是由于字数限制的原因含泪删掉了。）

（注：上文的编辑为日方编辑。）

御神乐学园组曲④

十六夜见证

恭喜御神乐学园组曲第四卷发售！

总觉得好像画了好多的小乙音，很开心啊！

非常感谢大家！下卷再见！

明菜

上市贺词

Congratulations Comments

◎著者：[日]川原砾　◎绘者：[日]abec

激斗！UnderWorld大战迎来最高潮——

桐人能否在危急关头苏醒?!

刀剑神域1~16 待续

暗黑神贝库达率领的侵略军足有五万，而整合骑士贝尔库利率领的守备军只有五千。整合骑士不停奋战，试图扭转这数量上的劣势。然而，号称侵略军中最为狡猾的暗黑术师公会总长图谋着发动恐怖的大规模术式，以此将守备军一举歼灭……此刻，登录了Undcr World的亚丝娜又将何去何从？

定价：各25.00~30.00元

◎著者：[日]野村美月
◎绘者：[日]竹冈美穗

朱色花儿盛开，藏匿之人现身——
百般爱恨纠缠源起儿时的故事?!

光在地球之时……　9“六条”待续

帆夏与葵同时向是光表白，他没能给出答案。当他与夕雨再度相会时，不禁心动不已。因自己摇摆不定的内心，是光感到很困惑。这时，不祥的短信传遍学园，“那些围绕着光之君的女人，赤城是光将以虞美人之名给予断罪”。众人被短信扰乱了心扉，彼此的心渐行渐远。类似的短信却不断出现……

定价：各24.00~ 27.00元

Light Novels

TK 天闻角川

TIANWEN KADOKAWA

图书在版编目（CIP）数据

十六夜见证 / (日) Last Note.著 ; (日) 明菜绘 ;
tomo译. -- 昆明 : 云南美术出版社, 2016.6
（御神乐学园组曲 ; 4）
ISBN 978-7-5489-2439-5

Ⅰ. ①十… Ⅱ. ①L… ②明… ③t… Ⅲ. ①长篇小说
–日本–现代 Ⅳ. ①I313.45

中国版本图书馆CIP数据核字(2016)第135633号

责任编辑: 师　俊　韩　洁
特约编辑: 胡雨桐
美术编辑: 罗智超

原著名:《ミカグラ学園組曲4 十六夜シーイング》, 著者:Last Note.,绘者:明菜

本书为引进版图书，为最大限度保留原作特色、尊重原作者写作习惯，故本书酌情保留了部分外来词汇。特此说明。

御神乐学园组曲4 十六夜见证

著　　者:〔日〕Last Note.
绘　　者:〔日〕明菜
译　　者: tomo
出版发行: 云南出版集团
云南美术出版社（昆明市环城西路609号）
印　　刷: 上海利丰雅高印刷有限公司
版　　次: 2016年6月第1版
印　　次: 2016年6月第1次印刷
开　　本: 787mm × 1092mm 1/32
印　　张: 5.25
字　　数: 90千字
ISBN 978-7-5489-2439-5
定　　价: 21.00元

联系地址：中国广州市黄埔大道中309号 羊城创意产业园3-07C
电话：（020）38031051 传真：（020）38031253
官方网址：http://www.gztwkadokawa.com/